梦·红色经典电影阅读

智取威虎山

张照富 改编

中华工商联合出版社

图书在版编目（CIP）数据

智取威虎山 / 张照富，严铠改编 . —北京：中华
工商联合出版社，2013.7
　ISBN 978-7-5158-0612-9

　Ⅰ . ①智… Ⅱ . ①张…②严… Ⅲ . ①中篇小说—中
国—当代 Ⅳ . ①I247.5

　中国版本图书馆 CIP 数据核字（2013）第 157927 号

智取威虎山

改　　编：	张照富　严　铠
策　　划：	徐　潜
责任编辑：	魏鸿鸣　臧赞杰
封面设计：	赵献龙
责任审读：	郭敬梅
责任印制：	迈致红
出版发行：	中华工商联合出版社有限责任公司
印　　刷：	天津海德伟业印务有限公司
版　　次：	2014 年 3 月第 1 版
印　　次：	2018 年 4 月第 2 次印刷
开　　本：	710mm×1000mm　1/16
字　　数：	180 千字
印　　张：	15
书　　号：	ISBN 978-7-5158-0612-9
定　　价：	29.80 元

服务热线：010—58301130
销售热线：010—58302813
地址邮编：北京市西城区西环广场 A 座
　　　　　19—20 层，100044
http：//www.chgslcbs.cn
E-mail：cicap1202@sina.com（营销中心）
E-mail：gslzbs@sina.com（总编室）

工商联版图书

凡本社图书出现印装质量问
题，请与印务部联系。

联系电话：010—58302915

编委会

演职员表

原　著：曲　波
导　演：谢铁骊
摄　影：钱　江
美　工：陈翼云　晓　滨
录　音：吕宪昌
演　出：上海京剧团

上海市京剧团《智取威虎山》
剧组集体改编、演出

杨子荣……………………童祥苓
参谋长……………………沈金波
李勇奇……………………施正泉
常　宝……………………齐淑芳
常猎户……………………张佑福
李　母……………………王梦云
座山雕……………………贺永华
栾　平……………………孙正阳

剧情说明

　　1946 年冬季，解放战争初期，东北牡丹江一带。我军某部团参谋长少剑波率领三十六人的追剿队，在击破奶头山之后，乘胜进军，准备消灭座山雕匪帮。侦察排长杨子荣得知座山雕逃回威虎山，向少剑波汇报。少剑波下令继续向前方侦察，到黑龙沟会合。

　　座山雕匪帮在回威虎山途中，一路洗劫，又来到夹皮沟烧杀抢掠，强掳青壮男女上山修筑工事。李勇奇深受大害，儿子被匪徒摔死，妻子被座山雕枪杀。李勇奇极力反抗，但寡不敌众，被匪掳走。

　　杨子荣等四人沿途侦察，访问了躲藏在深山的常猎户父女。常户的女儿常宝闻知杨子荣是中国人民解放军，进山剿匪，为民除害，她怀着深仇大恨，控诉了座山雕的滔天罪行。杨子荣在常猎户父女的帮助下得悉威虎山的山路和土匪的野狼嗥的行踪。杨子荣从一撮毛身上获得了载有土匪秘密联络地点的"联络图"，胜利归来，并发现此为座山雕垂涎已久之物。杨子荣又审讯了栾平，核实了"联络图"的情况。由于威虎山工事复杂，不宜强攻，大家都认为只能智取。

　　杨子荣自请改扮土匪胡标，假借献图，打入威虎山。杨子荣来到匪窟威虎厅，战胜了座山雕的种种试探，并把"联络图"献给了座山雕，取得了初步信任。座山雕"封"杨子荣为威虎山的"老九"和"上校团副"。

夹皮沟群众饥寒交迫。李勇奇冒死逃出匪窟，转回家来，母子相逢，悲喜交集。少剑波率追剿队进驻夹皮沟，当地人民因久受匪患，不明真相，加以敌视。少剑波对李勇奇母子耐心宣传党的政策，解除疑虑，表示全力支援解放大军，消灭座山雕匪帮。

座山雕对杨子荣深存戒心，满腹怀疑，设下毒计，再一次进行试探。杨子荣深入敌人的心脏，又一次战胜了座山雕的试探，将搜集到的情报送下山冈。申德华及时取回杨子荣的情报。这时押运犯人的小火车在二道河被土匪炸毁，野狼嗥炸死，栾平逃走。少剑波考虑到栾平若逃往威虎山，将破坏整个歼敌大计，便下令急速出兵。追剿队由李勇奇带路，迎着风雪，翻山越岭，滑雪疾进。

栾平突然逃到威虎山，他在座山雕面前指控杨子荣。杨子荣在这生死成败关头，发挥了革命军人的大智大勇，战胜了栾平，并把这个顽匪置于死地。在"百鸡宴"上，杨子荣把匪徒灌醉，追剿队及时赶到，全歼匪众，无一漏网。

序

曾经，拾起过草地上被吹落的发黄的银杏叶，夹在了日记里，再打开时，记住了那个秋天里青春的憧憬；

曾经，哼起过电台里被播放的欢快的流行曲，抄在了笔记上，再打开时，记住了那段岁月里相伴的愉悦；

曾经，流连过影院里被放映的精彩的故事片，存在了脑海中，再打开时，记住了那些回味里温暖的片段；

我们的曾经，是记忆的积累，留不住岁月，却留住了记忆。翻开日记时，银杏的纹络依然清晰，打开笔记时，歌词的墨迹仍然青涩。那些往事都留住了，只是在某个时刻，突然想起了那部电影，多少却有些淡忘，因为我们的笔记本里承载不了那么多的信息，只能记在脑海里，在岁月的洗涤中淡却了一些章节。

我们一直致力于电影连环画在读者中的普及，十年间制作了数百本电影连环画，发行量近百万册，在读者中建立了良好的口碑并取得了积极的社会效应。今天，我们将那些存在我们记忆深处的经典电影以图文版的形式制作成册，让我们重新回味那脍炙人口的故事，再度拾起从前那观看电影的快乐时光。

抬一把凳子，再也找不到露天电影；下一段视频，却没有充裕的时间观看；那么，就躺在床上，翻开这一本本图文本，将故事延续到梦里——记得那时年少，记得那时年轻，记得那时……

　　枕边，这一册册的电影图文本，还有一摞摞的日记和笔记本，都是我们记忆中的音符，目光触及时，在心里流淌成歌，相伴过的曾经，把美好的记忆延续到永远。

赵刚

2014 年 3 月 6 日

目　录

第一章 乘胜进军

1946 年的冬季，在我国东北牡丹江地区的深山老林里，已经是皑皑白雪了。中国人民解放军某团党委遵照毛主席《建立巩固的东北根据地》的指示，按照上级的指示，在当时的队伍中挑出来精壮的战士，组成了一支强有力的追剿队，负责在这一带发动群众，消灭土匪。

☆1946 年冬，我国东北牡丹江地区。中国人民解放军某团党委遵照毛主席《建立巩固的东北根据地》的指示，组成追剿队，在这一带发动群众，消灭土匪。团参谋长率领的追剿队，在消灭奶头山的匪帮许大马棒之后，乘胜进军，迎风踏雪，追剿逃进深山老林里的顽匪座山雕。

战士们还真没有辜负上级的期望，追剿队在团参谋长的率领下，在消灭了奶头山的匪帮许大马棒之后，根本就没有停下来休息一下，而是乘胜追击，奉命前去追剿盘踞在威虎山，返剿逃进深山老林里的顽匪座山雕。战士们正迎风踏雪有序地前进着，他们边行进边注意观察着周围的动静。

　　正在这时，走在前面的罗长江停下来，对着正在行进的队伍做了一个停下来的手势，并说道："停止前进！"战士们听到命令后都停下来，列队站好。

　　随后，罗长江来到了参谋长面前汇报了情况："报告参谋长，来到了一个三岔路口！"

☆追剿队来到一个三岔路口，参谋长命令大家原地休息。他一边查看地图，一边观察地形。战士们斗志昂扬地等待新的战斗任务。参谋长看完地图，关切地问："大家累了吧？"战士们响亮地回答："不累！""好！同志们！"参谋长告诉大家，"杨子荣、申德华同志到前站侦察，这里就是会合的地点。"

参谋长点了点头，对罗长江说："让大家原地休息一下。"

罗长江回答了一声"是"，然后又叫道："吕宏业！"

战士吕宏业听到喊声，立刻跑过来，行了一个标准的军礼，并赶紧答道："到！"

罗长江给他下了命令："警戒！"

吕宏业答道："是！"说完就按照罗长江的命令去警戒去了。

罗长江对列队站好的战士们命令道："原地休息！"

战士们一起回答："是！"

小郭给罗长江递过来了地图。罗长江和参谋长一边查看地图，一边在仔细地观察周边的地形。罗长江又对司务长说："原地休息！"

司务长听到了重复道："原地休息！"随后是一阵马叫声。

战士们站在原地踏脚取暖，抖掉身上的积雪，斗志昂扬地等待新的战斗任务。参谋长看完地图，来到战士们面前，关切地问道："大家都累了吧？"

战士们响亮地回答："不累！"

参谋长笑着说："好！同志们！你们都是好样的！"

战士们立刻列队等待着参谋长的讲话。参谋长告诉大家："咱们的杨子荣、申德华同志两位同志已经到前面去侦察了，这里就是会合的地点。"

"团党委遵照毛主席《建立巩固的东北根据地》的指示，组成追剿队，在牡丹江一带发动群众，消灭土匪，巩固后方，配合野战军，粉碎美蒋进攻，这是有伟大战略意义的任务。"参谋长详细地给战士们讲述了当前的形势和追剿队的任务，接着又分析敌情说道，"座山雕这股顽匪，逃进了深山老林，我们在风雪里行军已经有好几天了，到现在还没有找到。我们一定要发扬连续作战的精神，下定决心，不怕牺牲，排除万难……"

☆参谋长详细地给战士们讲当前形势和追剿队的任务，又分析敌情说："座山雕这股顽匪逃进了深山老林，我们在风雪里行军已经有好几天了，到现在还没有找到。我们一定要发扬连续作战的精神，下定决心，不怕牺牲，排除万难……"战士们齐声回答："去争取胜利！"

  战士们听了以后，斩钉截铁、掷地有声地回答道："去争取胜利！"

  正在这时，负责警戒任务的战士吕宏业跑了过来。他快步来到参谋长的跟前说："报告，参谋长！杨排长他们侦察回来了！"

  侦察排排长杨子荣和副排长申德华是在战士们听了参谋长的话正群情激奋的时候回来的。此刻，他们也听到了吕宏业的报告，都热切地注视着杨子荣和申德华来的方向。

  参谋长立刻将手里的地图收起来交给了小郭，快步朝

☆正当群情激昂的时候，侦察排排长杨子荣和副排长申德华侦察回来了。杨子荣疾步来到参谋长面前。

☆参谋长迎上前去，亲切地握住他们的手："子荣同志，你们辛苦了！"杨子荣报告说："我们奉命化装侦察，在偏僻的山坳里，救了个哑巴孩子。经他父亲指点，我们到了黑龙沟，搜集到一些情况，查出了座山雕的行踪。"

杨子荣他们来的方向走了过去。

杨子荣和申德华来到了参谋长的面前，向参谋长敬了一个标准的军礼。只听见杨子荣喊道："报告！"

参谋长微笑着迎上前去，亲切地握住他们的手，关切地说："子荣同志，你们辛苦了！"

杨子荣笑着说："不辛苦！"

参谋长问："情况怎么样？"

杨子荣报告说："我们奉命化装侦察，在偏僻的山坳里，救了个哑巴孩子。经他父亲的指点，我们到了黑龙沟，搜集到一些情况，查出了座山雕的行踪。"

参谋长听了之后，非常高兴地说："好！"

杨子荣无比愤恨地说："这一带常有土匪出没往返，他们的番号是'保安五旅第三团'。昨天晚上，黑龙沟一带又

☆杨子荣无比愤恨地说："这一带常有土匪出没往返，番号是'保安五旅第三团'。昨夜晚黑龙沟又遭劫难，座山雕心狠手辣罪恶滔天。行凶后纷纷向夹皮沟流窜，据判断这惯匪逃回威虎山。"

遭劫难。那座山雕心狠手辣，罪恶滔天。他们行凶后纷纷向夹皮沟流窜，据判断这惯匪逃回了威虎山。"

听了杨子荣汇报侦察到的情况后，参谋长思索了一下下一步的行动计划，立刻下达了命令："同志们！我们已经侦察到座山雕的下落，现在要紧紧跟踪。"

随后，参谋长喊道："罗长江！"

罗长江立刻回答："到！"

参谋长接着给他下命令："今晚到黑龙沟宿营！"

罗长江立即答道："是！"

☆参谋长立刻下命令说："同志们！我们已经侦察到座山雕的下落，现在要紧紧跟踪。"为了进一步掌握敌情，他命令杨子荣带申德华、钟志城、吕宏业继续向前方侦察；决定追剿队当晚赶到黑龙沟宿营。于是，兵分两路，分头前进。

参谋长又看了看侦察排长杨子荣说："子荣同志！"

杨子荣赶紧回答："到！"

　　为了进一步掌握敌情，参谋长命令杨子荣："你带领着申德华、钟志诚、吕宏业同志继续向前方侦察情况。"

　　杨子荣坚定地回答："是！"

　　于是，在参谋长的命令下，全部人马就被兵分两路，分头行进。战士们听了参谋长的安排，稍微收拾了一下，就按着吩咐各自行动去了。

第二章
夹皮沟遭劫

黄昏，夹皮沟的村头，枯木斜立，深沟旁的峭石杂乱地陈列着。被我军击溃的座山雕匪帮，正狼狈地向威虎山溃逃。他们一路上烧杀抢掠，无恶不作。国民党"保安第五旅"座山雕带着他的残兵败将经过夹皮沟。

☆这时，被我军追剿的座山雕匪帮，正狼狈地向威虎山溃逃。他们一路上烧杀抢掠，无恶不作。经过夹皮沟时，匪副官长及匪参谋长劝座山雕："三爷，这夹皮沟就在咱家门口，别动它啦。""'兔子不吃窝边草'嘛！"座山雕却恶狠狠地说："还管那些！给我多抓些穷棒子带回去修工事！男的女的都要！"

匪首座山雕站在峭石旁向村中窥视。此时，他的心中十分地不高兴。夹皮沟曾经是他的地盘，他在这里欺压百姓，独霸一方。而此时，他是如此狼狈地经过这里，只能站在村外往里面窥视，甚至都不敢大摇大摆地走进村子。

匪副官长看着座山雕劝道："三爷，咱们这次回山，一道上也捞到不少东西了。这夹皮沟就在咱家门口，我看还是别动它啦。"

匪参谋长也走过来，劝道："是啊，三爷。俗话说，'兔子不吃窝边草'嘛！"

本来心情就不好的座山雕，瞪了他们一眼，恶狠狠地说："哼！老子这次被共军打得灰头土脸、损兵折将。我现在哪里还管得了那些！告诉弟兄们，给我多抓些穷棒子带回去修筑工事！男的、女的都要！"

匪参谋长听后，会意地点点头说："明白啦！"

于是，匪参谋长就率领着众匪闯进了村子。

匪副官也要跟着进村，却被座山雕叫住了。座山雕若有所思地问："副官长，野狼嗥去找栾平，去了大概有十天了吧？"

匪副官长想了想说："嗯，差不多了。我也正为这件事着急哪。"

座山雕思索了一会儿说："咱们回到威虎山，头一件事就是要赶快扩充实力。要不然，咱们很快就会被共军消灭了。"

匪副官长点点头说："是！只要野狼嗥能找到栾平，把许大马棒的那张联络图弄到手，这牡丹江一带就都归咱们啦。"

座山雕点点头说："你说的没错。不过，我得到消息，侯专员也在到处找这张图，可千万别叫他弄了去！"

匪副官长信心十足地说："三爷，您放心，野狼嗥跟栾平是把兄弟，联络图飞不了。"

座山雕听了匪副官长说的话，心里本来悬着的心，此刻也稍微放了下来。随后，他接着说："嗯，那就好！美国人明里拉着国共两党和平谈判，暗里帮着老蒋调兵遣将。听说老蒋已经到达沈阳，亲自督战，要在三个月之内，消灭关里关外的共军。我看时候到了！"

☆座山雕听说蒋介石已到沈阳亲自督战，指望着他手下的野狼嗥，早日从栾平手里把许大马棒的联络图弄到手，好占据牡丹江一带。"等国军一到，北满的总司令就是您的！"他的副官长奉承着他，座山雕也由焦急转为得意。

匪副官长听了之后，高兴地说："好！等国军一到，北满的总司令就是您的啦！张大帅、满洲国、老蒋，都少不了三爷您哪。"说完，他就得意地哈哈大笑了起来。

听了副官长奉承的话，座山雕也由之前的焦急转为了现在的得意，也跟着副官长一起哈哈哈大笑了起来。

正在这时，夹皮沟的村子里传来犬吠声。顿时村子内火光四起，人声杂乱。

"孩子！""土匪！""救命啊！"大家的喊声汇在一起，在黑夜里响彻天空。

匪副官长、座山雕赶紧快步下山，带着其他的匪徒冲进村子。

☆夹皮沟的铁路工人李勇奇打猎回来，见村里火光熊熊，人声枪声嘈杂，知道又是土匪来抢劫，顿时满腔怒火："火光冲天人喧嚷，母叫子来儿喊娘。土匪又来烧杀抢，豁出性命拼一场！"他紧握猎枪，急切地冲进村去。

夹皮沟的铁路工人李勇奇此时正打猎回来。他在远处就看见了村子里冒出的熊熊火光，听到了嘈杂的枪声。他的心中一沉，知道这是土匪来抢劫了。等赶到村外，看到土匪的暴行，他顿时心中升起了满腔怒火。他手持猎枪，提着猎物，立刻跑了过去："火光冲天人喧嚷，母叫子来儿喊娘。土匪又来烧杀抢，豁出性命拼一场！"跑着跑着，他意识到手里还拎着猎物，赶紧把它撂在了旁边，紧握着猎枪，急切地冲进村子去。

在夹皮沟村口，匪徒正用绳索捆绑着男女青壮村民，李勇奇冲上去和匪徒扭打在一起。群众被匪徒拴着往下拽，村民张大山挣断了绳索，与匪徒格斗在一起。

匪连长强拉着李勇奇的妻子出村，李勇奇的母亲怀里抱着嗷嗷待哺的婴儿在后面追赶。

李勇奇的母亲大喊着："媳妇！"

李勇奇看到自己的母亲大声地喊道："娘！娘！"

匪连长把李勇奇的母亲猛地往一边一推，李勇奇的母亲被推倒在地。

匪徒将李勇奇的母亲怀里抱着的婴儿夺走，跑到深沟边。

李勇奇的妻子和母亲见状大声地喊道："孩子！"

匪连长残酷地将孩子摔死在石岩下。

李勇奇看到这样的情景，和妻子、母亲同时惊呼了一声："啊！"

李勇奇怒不可遏，只听见他猛喝一声，冲上前去与匪徒拼死搏斗。

李勇奇左边的肩膀上挨了一枪托，"抢背"倒地。

龟缩在一旁的座山雕掏出手枪就要向倒地的李勇奇开枪。

李勇奇的妻子惊呼一声"勇奇！"，就跑上前用身体掩护住了丈夫，结果自己却惨遭座山雕枪杀。

座山雕开枪杀人以后就带着匪徒们离开了。

李勇奇急忙站起来，来到妻子的跟前，抱起已经窒息的妻子，悲愤地俯望着妻子，大声地喊道："孩子他娘！孩子他娘！孩子他……"可是任凭李勇奇怎么呼喊，他的妻子也不会回答了。他慢慢地将妻子放在了地上，悲痛地呆

☆夹皮沟村口。匪徒正用绳索捆绑青壮年男女；匪连长强拉李勇奇的妻子出村，李母怀抱婴儿在后面追赶。匪连长推倒李母夺走婴儿，残酷地将孩子摔死在岩下。李勇奇眼看这惨景，怒不可遏。他猛喝一声，冲上前去与匪徒拼死搏斗。

☆龟缩在一旁的座山雕向李勇奇开枪。李勇奇的妻子惊呼一声"勇奇！"挺身上前掩护丈夫，结果惨遭杀害。瞬间失掉两位亲人的李勇奇母子悲愤至极。

☆"霹雳一声灾祸降，熊熊怒火烧胸膛。深仇大恨誓要报——座
　山雕！抓住你刀劈斧剁把血债偿！"李勇奇怒火万丈，想要去
　找座山雕匪徒拼命。

☆几个土匪冲上来把李勇奇按住。李勇奇奋力反抗，连声喊着：
　"娘！娘！"但终因寡不敌众，被匪徒掳走了。李母悲痛欲绝，
　凄惨地呼喊着儿子："勇奇！"

坐在地上。

李勇奇的母亲扑过去，悲痛地喊道："媳妇！"

一瞬间失去两位亲人的李勇奇母子悲愤至极。

李勇奇强挺着站起身来，快步来到深沟边，朝下面俯视着。他的孩子刚刚被匪徒从这儿扔下去，他的心在滴血。刚刚还在嗷嗷待哺的孩子，就在瞬间，被残暴的匪徒给扔下石岩，失去了幼小的生命。

想想自己出世不久的孩子小小的生命就这样葬送在了匪徒的手中，李勇奇的心里非常痛苦。

"霹雳一声灾祸降，熊熊怒火烧胸膛。深仇大恨誓要报——座山雕！抓住你刀劈斧剁把血债偿！"李勇奇怒火万丈，想要去找座山雕匪徒拼命。

正在这时，和李勇奇一个村的村民张大山被匪徒们强拉着走了过来。张大山看到李勇奇，就朝他喊道："勇奇！勇奇！……"张大山希望提醒李勇奇，让他快跑。

李勇奇抬头看到了张大山，想去救他。可是这些匪徒们哪里能容许李勇奇去救张大山。人单势孤的李勇奇刚冲上，就被几个匪徒打倒了。李勇奇从地上奋力挣扎着爬起来，却被匪徒们绑住了胳膊。

李勇奇的母亲看到自己的儿子被土匪给缚住了，悲痛欲绝，凄惨地呼喊着儿子："勇奇！勇奇！……"

李勇奇看着母亲连声地喊道："娘！娘！娘！"

李勇奇的母亲强忍着巨大的悲痛，挣扎着起来，追到儿子的跟前，却被土匪给推倒在地。李勇奇的母亲这时还是没有放弃，继续站起来，大声地喊道："勇奇！勇奇！……"但是终因寡不敌众，李勇奇被匪徒掳走了。

第三章
深山问苦

此时，住在偏僻山坳里的猎户老常一家，同样没有能逃脱土匪的骚扰。只见他们的窄小的小木屋里，炕桌上碗筷狼藉。常宝在屋里正在收拾着桌子，常猎户向屋外眺望。

小常宝一边收拾碗筷一边气愤地说："爹，刚才来的那

☆此时，住在偏僻山坳里的猎户老常一家，同样没能逃脱土匪的骚扰。这一天，他们家炕桌上碗筷狼藉，小常宝边收拾边气愤地说："爹，刚才来的那一男一女真不讲理，把咱们家刚弄到的一点狍子肉都吃光了。"常宝还听信了那男的的话，以为他是中国人民解放军。

一男一女真不讲理，把咱们家刚弄到的一点狍子肉，都吃光了。"说着，常宝把抹布一摔，停下来也不收拾了，坐在了木墩上生闷气。

常猎户紧张地把门掩上，对着常宝说："常宝，你知道刚才来咱们家的这一男一女是什么人？"

常宝依旧很生气地说："那男的不是说了吗？他是中国人民解放军！"看来，常宝还真的听信了那男的的话，以为他是中国人民解放军。

老常紧张地告诉常宝："那个男的叫野狼嗥，是土匪！八年前我被拉上威虎山，在山上见过他。"

常宝听了，大吃一惊，惊讶地喊道："啊！"

老常告诉常宝："咱们在这儿待不住了！赶紧收拾收拾，到皮夹沟你大山叔那儿去。"

☆老常紧张地告诉常宝那个男的叫野狼嗥，是土匪："八年前我被拉上威虎山，在山上见过他。"常宝大吃一惊："啊！"老常随即告诉常宝："这儿待不住了！咱们赶紧收拾收拾，到夹皮沟你大山叔那儿去。"

常宝听了之后，连忙说："唉。"随后，两人开始收拾东西，准备去夹皮沟投奔张大山。

老常一边收拾东西，一边自言自语地说："前几天来的那俩皮货商，说咱们老家来了共产党，帮着穷人闹翻身，也不知道是真的还是假的？"

常宝说："爹！那两个皮货商，可是好人啊。要不是他们在雪地里救了我，我早就冻死了！"

☆老常一边收拾东西，一边自言自语说："前几天来的那两个皮货商，说咱们老家来了共产党，帮助穷人闹翻身，不知是真是假？"常宝接口说："爹，那两个皮货商可是好人，要不是他们在雪地里救了我，我早就冻死了！""是啊！他们可是你的救命恩人啊。"老常脸上现出笑容。

"是啊！他们可是你的救命恩人啊。"老常的脸上难得地出现了笑容。随后，老常对常宝说道："快点收拾，咱们马上就走！"

常宝点了点头，回答道："马上就好了。"

常宝匆匆忙忙打点着东西，站在炕上从墙上取下一张皮子。忽然，常宝隔着窗户发现外面有人影闪动，急忙跳下炕来，对老常说："爹，又有人来了！"

老常听了心中立刻一惊，急忙摇了摇手，并上前用手捂住了常宝的嘴。他轻声地在常宝的耳边说道："别说话啦！"他们俩在屋里凝神静静地细听着门外的动静。

☆常宝匆匆忙忙打点着东西，站到炕上从墙上取下一张皮子，忽然隔窗发现外面有人影，急忙跳下炕来喊道："爹，又有人来了！"老常一惊，急忙捂住常宝的嘴："别说话啦！"他们惊慌地细听门外的动静。

从林海深处走来的是杨子荣、申德华、钟志诚和吕宏业四个人。他们的身上都披着白披肩，风帽蒙着军帽上的红星，机警地审视着四周。

他们一行四人顶风冒雪，穿密林，越山峦，一直跟着可疑人的踪迹来到这小木屋前。但是风雪太大，杨子荣费力地向四下观望："紧跟踪可疑人形迹不见……"

申德华上前对杨子荣说："老杨，你看看，前面不是猎户老常的家吗？"

杨子荣看了看，点了点头说："对！是老常家。"

☆从林海深处走来的是杨子荣、申德华等四人。他们顶风冒雪，穿密林，越山峦，一直跟着可疑人的踪迹来到小木屋前。但是风雪太大，杨子荣费力地向四下观望："紧跟踪可疑人形迹不见……"

申德华问："咱们是不是……"

杨子荣说："对！咱们再访问猎户家解决疑难。"

杨子荣喊道："申德华！吕宏业！"

申德华、吕宏业应声答道："到！"

杨子荣命令道："你们俩继续向前搜索，得到情况后，上这儿来会合！"

申德华、吕宏业接到命令，大声地答道："是！"于是，他们按照命令执行任务去了。

杨子荣又命令道："小钟！警戒！"

钟志诚答道："是。"随即，他就跑着警戒去了。

杨子荣整理了一下自己的衣服，大步走向猎户老常的小木屋走去。

☆他们认出眼前这座房子是猎户老常的家。于是，杨子荣决定："再访问猎户家解决疑难。"他命令申德华、吕宏业："继续向前搜索，得到情况，上这儿会合！"又安排钟志城警戒，自己大步走向猎户老常的小木屋。

此时，常猎户、常宝正在屋里藏皮子。

杨子荣走到小木屋的门前开始敲门。杨子荣一边敲门一边喊道："老乡！"

听到外面的敲门声和喊声，常猎户示意常宝赶紧躲起来，然后自己紧张地由屋子里走出来。

常猎户把门打开，满脸犹疑地上下打量着杨子荣："你是……"

杨子荣微笑着对常猎户说："怎么？不认识啦？我就是

前几天来过的皮货商啊！"

　　常猎户看着杨子荣反问道："皮货商？"

　　杨子荣点点头，肯定地答道："是啊。"

　　常宝听到杨子荣的说话声，赶紧从里面跑了出来。当常宝看见身上穿着军装的杨子荣的时候，脸上露出惊讶的神色。

　　杨子荣看到常宝出来了，亲切地问："小兄弟，你爹认不出我了。那天不是我送你回家的吗？"

☆老常开门出来，犹疑地望着杨子荣。"不认识啦？我就是前几天来过的皮货商啊。"小常宝闻听此言，惊喜地奔出门来。杨子荣亲切地问常宝："小兄弟，你爹认不出我了。那天不是我送你回家的吗？"常宝仔细打量他，欲语突止，对着父亲点点头。杨子荣似有所悟，但不动声色地说："好聪明的孩子！"

　　常宝仔细地打量着杨子荣，欲言又止，只是对着父亲点点头。

杨子荣似有所悟，但不动神色地说："好聪明的孩子！"

常猎户仔细地看着杨子荣，这才认出来："哦！你是杨掌柜的？"

杨子荣点点头说："是啊！"

常猎户接着说："对，咱们还认过乡亲呢。"

杨子荣点点头。

常猎户拉住杨子荣的手，热情地说："来，屋里坐，屋里坐。"

杨子荣同常猎户一同进屋。常宝整理了一下炕上，让杨子荣坐下。

杨子荣一边脱下手套，一边环视着小木屋里的情况。

杨子荣又转身对常宝关切地问："你好点儿了吧？"

☆"哦，你是杨掌柜的！咱们还认过乡亲呢。屋里坐。"老常把杨子荣让进屋里。杨子荣问常宝："你好点儿了吧？"常猎户急忙把常宝拉到自己身后，抢过话头说："他是哑巴。"老常打量着杨子荣，疑惑地问："你又做买卖又当兵，到底是干什么的？"

常猎户急忙把常宝拉到自己的身后，抢过话来说："他是哑巴。"

杨子荣点了点头说："哦，对对对。我倒忘记了。"

常猎户打量着杨子荣，满脸疑惑地问："杨掌柜，你这又做买卖又当兵，到底是干什么的啊？"

杨子荣微笑着看着常猎户说："我本来就不是买卖人。"

☆杨子荣微笑着说："我本来就不是买卖人。"他拉下风帽，露出军帽上光彩夺目的红星，无比自豪地说："我是中国人民解放军！"

随后他拉下风帽，露出了军帽上光彩夺目的红星，无比自豪地说："我是中国人民解放军！"

常猎户听完杨子荣的介绍，惊疑地说："你也是中国人民解放军？"

杨子荣点点头，肯定地说："是啊。"杨子荣觉得常猎户心里有事，就连忙问道："您见过？"

常猎户见自己的话引起了杨子荣的注意，忙掩饰着说：

"哦。没有，没……没有！"

杨子荣觉察到常猎户对自己的怀疑，坐在木墩上，亲切地说道："上次来，没跟您多说，我们就是从山东过来的，是毛主席、共产党领导的队伍。"

☆杨子荣觉察到老常还是半信半疑，便坐下来亲切地说："上次来，没跟您多说，我们就是从山东过来的，是毛主席、共产党领导的队伍。"老常问："哦。可老远的，你们到这儿干嘛来了？"杨子荣随手拿起地上的斧头，用力剁在木砧上，斩钉截铁地回答："打土匪！"

说着，杨子荣随手拿起地上的斧头，想帮着常猎户劈柴。

常猎户听了之后，还是心存疑惑地问："哦。可老远的，你们到这儿干么来了？"

杨子荣将斧头有力地剁在木砧上，斩钉截铁地回答："打土匪！"

常猎户惊讶地问："打土匪？能行么？"

杨子荣站起来告诉常猎户："我们的大部队都在后头

哪！咱中国人民解放军在东北打了好几个大胜仗，牡丹江一带全解放了。大股土匪已经打垮，剩下座山雕这些顽匪逃进了深山老林，我们一定尽快把他们消灭掉！"

常猎户听了之后，无限悲愤地说："座山雕哇……"

☆"打土匪！能行？"老常惊疑地问。杨子荣站起来告诉他："我们的大部队都在后头哪！……大股土匪已经打垮，剩下座山雕这些顽匪逃进了深山老林，我们一定尽快地把他们消灭掉！"老常悲愤地喊道："座山雕哇……"

杨子荣看着常猎户无比悲愤的样子，接着说："老常，这一带叫座山雕糟蹋得够苦啦！你们爷儿俩躲进在深山老林，一定有深仇大恨哪！"

常猎户欲言又止，他激愤地坐下，紧紧抓起斧头，拿在手里，心潮起伏。

杨子荣知道常猎户这是心里有话只是有所顾忌不愿意说出来。他来到常猎户身边，恳切地劝道："老常说吧！"

常猎户不愿意再触及伤心事，沉默了半晌，这才悲愤地说："八年了，别提它了！"说完，他用力地摔下斧头。

☆杨子荣："老常，这一带叫座山雕糟蹋得够苦啦！你们爷俩躲进这深山老林，一定有深仇大恨哪！"老常欲言又止，他激愤地坐下，紧紧抓起斧头，心潮起伏。杨子荣又劝道："老常说吧！"半晌，老常用力摔下斧头，悲愤地说："八年了，别提它了！"

"爹！"常宝望着沉浸在极端痛苦中的爹爹，禁不住哭喊出声来。

常猎户见常宝在杨子荣面前突然开口说话了，顿时大吃一惊。他有些惊恐又有些无奈地看了看常宝说："常宝，你……"

常宝再也控制不住自己的情感，猛地扑进父亲怀里放声痛哭。常猎户痛苦地坐在木墩上。常宝抽泣着，紧紧地依偎在常猎户的膝下。

老常用颤抖的手抚摸着常宝，痛苦得说不出话来。杨子荣顿时明白了一切，无限深情地对常宝说道："孩子！毛

☆"爹！"常宝望着沉浸在极端痛苦中的爹爹，禁不住哭喊出声来。老常见常宝开口说话，大吃一惊："常宝，你……"常宝再也控制不住，猛地扑进父亲怀里放声痛哭。

☆老常用颤抖的手抚摸着常宝，痛苦得说不出话来。杨子荣顿时明白了一切，无限深情地对常宝说："孩子！毛主席、共产党会给我们做主的，说吧！"

主席、共产党会给我们作主的，说吧！"

常宝听了杨子荣的话，慢慢地站起来，拭去脸上的泪水，坚定地说："叔叔！我说，我说！"说着，她突然摘掉皮帽，一甩头，露出长长的辫子，现出女儿装。

☆常宝听了杨子荣的话，慢慢站起来，拭去眼泪，坚定地说："叔叔！我说，我说！"她毅然摘掉皮帽，一甩头，露出长长的辫子，现出女儿装。

常宝声泪俱下，控诉着座山雕的罪行："八年前风雪夜大祸从天降！座山雕杀我祖母掳走爹娘。夹皮沟大山叔将我收养，爹逃回我娘却跳涧身亡。娘啊！避深山爹怕我陷入魔掌，从此我充哑人女扮男装。白日里父女打猎在峻岭上，到夜晚爹想祖母我想娘。"

杨子荣激动地听着。常宝诉说着她积压多年的盼望："盼星星盼月亮，只盼着深山出太阳，只盼着能在人前把话讲，只盼着早日还我女儿装。只盼——讨清八年血泪账，恨不能生翅膀、持猎枪、飞上山岗、杀尽豺狼！"

☆常宝声泪俱下，控诉座山雕的罪行："八年前风雪夜大祸从天降！座山
雕杀我祖母掳走爹娘。夹皮沟大山叔将我收养，爹逃回我娘却跳涧身
亡。娘啊！避深山爹怕我陷入魔掌，从此我充哑人女扮男装。白日里父
女打猎在峻岭上，到夜晚爹想祖母我想娘。"

　　说完，常宝大喊了一声："爹！"随即扑向了常猎户。
常猎户静静地听常宝说完，自己的心里如刀割一般，愤怒
至极，只见他紧紧地握着拳头，两眼愤怒地看向远方。他
知道这八年来，自己实在是没有办法，让自己的常宝受尽
了苦。常猎户的心里何尝不愿意自己的女儿能还成女儿身，
可是在这样的情况下，为了保护女儿的安全，他不得不这
样打扮女儿啊！
　　杨子荣听了常宝的控诉，心里十分难过。他实在是没有
想到这小木屋里竟然有这样的冤屈。他也实在是没有发觉自
己曾经救过的小兄弟竟然是一个女儿身，想不到常宝小小的
年纪就遭受了这么大的痛苦。想到这儿，杨子荣心情激愤，

☆杨子荣激动地听着。常宝诉说着她积压多年的盼望："盼星星盼月亮，只盼
着深山出太阳，只盼着能在人前把话讲，只盼着早日还我女儿装。只盼
——讨清八年血泪账，恨不能生翅膀，持猎枪，飞上山岗，杀尽豺狼！"

怒火万丈："小常宝控诉了土匪罪状，字字血，声声泪，激起
我仇恨满腔。普天下被压迫的人民都有一本血泪账，要报仇，
要申冤，要报仇，要申冤，血债要用血来偿！"

同时，杨子荣也很高兴，常宝能够替自己的父亲说出自
己的心里话，这些话已经压在这父女心里很多年，犹如千斤
压在身啊！说出来了，他们的心里也就能稍微地痛快点了。

随后杨子荣看着常猎户和常宝，坚定地表示："消灭座
山雕，人民得解放，翻身做主人，深山见太阳。从今后跟
着救星共产党，管叫山河换新装。这一带也就同咱家乡一
样，美好的日子万年长！"

杨子荣的话像浩荡的东风拨云见日，常猎户父女的脸
上出现了前所未有的笑容。

☆杨子荣听了常宝的控诉，心情激愤，怒火万丈："小常宝控诉了土匪罪状，字字血，声声泪，激起我仇恨满腔。普天下被压迫的人民都有一本血泪账，要报仇，要申冤，要报仇，要申冤，血债要用血来偿！"

此时，钟志诚在屋外依旧认真地巡视着。

听杨子荣说完，常猎户悬着的心终于放下了，打消了对杨子荣的所有的疑惑。他拉着杨子荣的手，激动地说："老杨，坐！快炕上坐！"

常猎户激动地握着杨子荣的手，热情地让杨子荣坐在靠门一边的炕头上，并且给杨子荣递上了烟袋。

杨子荣不会吸烟，谢辞了。

常宝把给杨子荣倒好的水递过来。杨子荣坐下，接过水，一饮而尽。

常宝移动木墩，靠近常猎户坐下。常猎户坐在炕上，看着杨子荣，激动地说："老杨，你刚才的话说到我心里去了。"

☆杨子荣坚定地表示："消灭座山雕，人民得解放，翻身做主人，深山见
太阳。从今后跟着救星共产党，管叫山河换新装。这一带也就同咱家乡
一样，美好的日子万年长！"杨子荣的话像浩荡的东风拨云见日，老常
父女的脸上出现了前所未有的笑容。

　　杨子荣一听，看着常猎户高兴的样子，也哈哈大笑了
起来。

　　不过，常猎户还是很担心的，只听他说："嘻，打别的
地方的土匪我不清楚，可是打座山雕可不易呀。他仗着九
群二十七地堡，能攻、能守、又能溜，谁也摸不着他呀！"

　　杨子荣知道常猎户说的这都是实际情况，他点点头表
示赞同。随后，杨子荣又问常猎户："听说上山这道就很难
闯啊！"

　　常猎户点了点头说："可不是嘛。前山明道只有一条，
又高又陡，加上防守严密，谁上得去呀！"

　　杨子荣想了想，又看着常猎户，接着问："当年您是怎

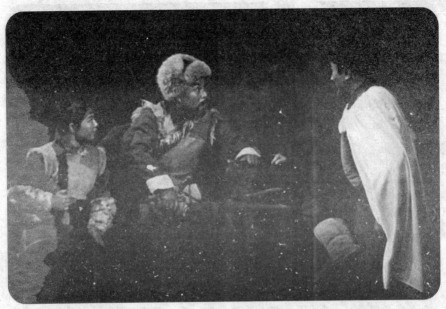

☆老常激动地拉着杨子荣坐到炕上："老杨，这话说到我心里去了！"不过，他还是很担心，"打座山雕可不易呀，他仗着九群二十七地堡，能攻、能守、又能溜，谁也摸不着他呀！""听说上山这道就很难闯啊！"杨子荣问。

么从山上下来的呢？"

常猎户认真地答道："后山还有一条险路。"

杨子荣觉得常猎户提供的这个情况很重要，他赶紧移近常猎户，全神贯注地倾听。

常猎户随后告诉杨子荣："那儿是陡壁悬崖，没有人敢走。土匪也没有设防。八年前我从那儿下来，要不是落在一棵树杈上，早就粉身碎骨了！"

杨子荣听了之后，高兴地对常猎户说："老常，您提供的情况很有用。只要咱们大家一条心，就没有攻不破的山头！"

常猎户和常宝听杨子荣说，自己提供的情况很重要，

☆老常紧接着说："可不，前山明道只有一条，又高又陡，加上防守严密，谁上得去呀！"杨子荣问："当年您是怎么从山上下来的呢？"老常告诉他："后山还有条险路，那是陡壁悬崖，没人敢走。土匪也没设防。八年前我从那儿下来，要不是落在一棵树杈上，早就粉身碎骨了！"

心里非常高兴，深受鼓舞。他们激动地说道："对，就盼着这天哪！哈哈哈哈！"

杨子荣看着常猎户和常宝的脸上终于露出了希望的光芒，也高兴地大笑起来："哈哈哈哈哈！"

常猎户和常宝这父女俩终于在杨子荣的引导下，说出了压在自己心里已久的话，也敞开了心扉，看到了美好未来的曙光。

随后，常猎户父女告诉了杨子荣另外一个重要的情况："老杨，刚才不是我拿你当外人啊，是刚才这儿也来了一男一女，那男的明明是土匪，可他也说是中国人民解放军。所以，我们才对你不信任啊。"

☆杨子荣高兴地说："老常，您提供的情况很有用，只要咱们大家一条心，
就没有攻不破的山头！"老常和常宝听了深受鼓舞，激动地说："对，就
盼着这天哪！"杨子荣和他们父女俩不约而同地哈哈大笑起来。

　　常宝在一旁接着常猎户的话说："刚才来的那个男的，
我爹在威虎山见过他。那个男的叫野狼嗥！"

　　杨子荣一听，立即引起了他的警觉："野狼嗥？他还说
过些什么？"

　　常猎户接着说："他管那个女的叫嫂子，还说是什
么……是栾平的把兄弟。"

　　杨子荣听到这儿，起身说道："栾平？"

　　常猎户也站起来，接着对杨子荣说："看样子那女的是
栾平的老婆。野狼嗥跟她大吵大闹，为了争夺一张什
么图？"

　　常宝在一旁补充道："联络图。"

　　常猎户肯定地说："对。他们说的就是联络图。"

"联络图?"这一情况引起了杨子荣的重视。

正在这时,门外响起了敲门声。钟志诚在外面喊了一声:"报告!"

杨子荣说:"快进来!"

☆老常父女又告诉杨子荣:刚才这儿来了一男一女,那男的叫野狼嗥,明明是土匪,可他也说是中国人民解放军。那女的看样子是他把兄弟栾平的老婆。野狼嗥跟她大吵大闹,为了争夺一张联络图。"联络图?"这情况引起了杨子荣的重视。

钟志诚来到杨子荣身边:"排长!老申他们回来了。"

杨子荣高兴地说:"让他们进来吧,你继续负责警戒。"

很快,钟志诚就把侦察归来的申德华和吕宏业让进了常猎户的小木屋。

申德华对杨子荣说:"老杨,我们在东北方向的密林深处,发现一具女尸,身边还有一只血手套。"说完将一只血染的手套递给了杨子荣。

吕宏业接着说道："因为风雪太大，埋没了脚印，现在不知道凶手逃到哪儿去了。"

　　杨子荣从申德华的手里接过来手套，拿在手里仔细地看过了之后，又递给常猎户，问道："老常，这只手套您见过吧？"

　　常猎户接过来手套，拿在手里，仔细地看了看，思索了一下，说道："这手套好像是野狼嗥的。"

　　杨子荣听了常猎户提供的情况后，果断地说："一定是他杀了人，抢走了联络图。被杀的那个女人很可能就是栾平的老婆。"

　　杨子荣对申德华和吕宏业说："同志们，这件案子很复杂，牵涉到咱们逮着的那个栾平。咱们必须好好计划一下下一步该怎么做。"

　　说到此处，杨子荣停顿了一下，思索了一会儿，才说："吕宏业！"

　　吕宏业答道："到！"

　　杨子荣对吕宏业说："我们去捉拿凶手，你把情况向参谋长汇报。我建议提审栾平，追查联络图！"

　　吕宏业答道："是。"吕宏业立刻按照杨子荣的命令，去向参谋长汇报情况了。

　　杨子荣转身对常猎户说："老常，事情急迫，不能跟您多谈了。来，这点干粮给你们留下。"杨子荣一边说着，一边解下自己身上的干粮交给了常猎户。申德华也解下自己身上的粮袋交给常宝。

　　常猎户看着杨子荣激动地说："老杨！"申德华看着他们说道："收下吧！"

　　常宝感动地看着他们俩说道："叔叔……"常猎户父女俩手里捧着粮袋，望着杨子荣，激动得热泪盈眶。

　　时间紧迫，杨子荣立即起身和老常父女俩告别："再见

　　— 45 —

☆此时，申德华和吕宏业侦察回来，递给杨子荣一只染血的手套，报告说："我们在东北方向的密林深处，发现一具女尸，身旁还有一只血手套。因为风雪太大，埋没了脚印，不知凶手逃到哪儿去了。"

☆杨子荣仔细地看过血手套以后，又递给老常问道："老常，这只手套您见过吧？"老常接过看了看说："这手套好像是野狼嗥的。"

☆"一定是他杀了人，抢走了联络图。"杨子荣果断地转向申德华、吕宏业说，"同志们，这件案子很复杂，牵涉到咱们逮着的那个栾平。吕宏业，我们去捉凶手，你把情况向参谋长汇报。我建议提审栾平，追查联络图！"

吧！"杨子荣准备马上出发去追捕野狼嗥。

常猎户叫住杨子荣："老杨，你们要到哪儿去？"

杨子荣对常猎户说："我们去追捕野狼嗥。"

常猎户一听，赶紧制止道："不行啊！野狼嗥准是奔威虎山去了。这里的道儿本来就很难走，眼下大雪封山，生人就更摸不着了。来，我们爷儿俩给你们带路！"

杨子荣听常猎户这么一说，激动地走过去，握着他的手说道："老常，谢谢您！"

常猎户坚定地说："走！"只见常猎户说完手里拿着斧头，常宝手里拿着枪，急急忙忙带领着杨子荣和申德华一行上路了。

☆杨子荣和战友们解下自己身上的干粮袋交给老常父女："老常，
事情急迫，不能跟您多谈了。来，这点干粮给你们留下。"老常
父女手捧粮袋，望着杨子荣，激动得热泪盈眶。

☆"再见吧！"杨子荣他们转身要去追捕野狼嗥。老常喊住他："不行呵！
野狼嗥准是奔威虎山去了。这里的道儿本来就很难走，眼下大雪封
山，生人就更摸不着了。来，我们爷儿俩给你们带路！"

第四章

定计

第二天清晨，在追剿队宿营地黑龙沟的指挥所内，炭火正红。

门外狂风呼啸，大雪飞舞，巍巍丛山，层层密林。

参谋长一大清早就站在军事地图前，考虑着下一步的作战计划。门外，一个哨兵手里持钢枪在警戒，在丛树旁

☆追剿队宿营地黑龙沟。狂风呼啸，大雪飞舞。参谋长一清早就站在军事地图前，考虑着下一步的作战计划。他举目远眺，不由豪情满怀："朔风吹林涛吼峡谷震荡，望飞雪漫天舞，巍巍丛山披银装，好一派北国风光。山河壮丽，万千气象，怎容忍虎去狼来再受创伤！"

来回走动。参谋长听着门外嗖嗖北风的怒吼，心有感触地自言自语道："朔风吹林涛吼峡谷震荡……"

正在这时一阵风把屋门吹开了，参谋长走近门口，举目远眺，心潮激荡，不由得豪情满怀："望飞雪漫天舞，巍巍丛山披银装，好一派北国风光。山河壮丽，万千气象，怎容忍虎去狼来再受创伤！"

"党中央指引着前进方向，革命的烈焰势不可挡。解放军转战千里，肩负着人民的希望，要把红旗插遍祖国四方。哪怕他美蒋勾结、假谈真打、明枪暗箭、百般花样，怎禁我正义在手、仇恨在胸、以一当十，誓把那反动派一扫光！"参谋长思绪万千，心潮激荡。

就在这时，杨子荣回来了。杨子荣来到指挥所的门前，

☆"党中央指引着前进方向，革命的烈焰势不可挡。解放军转战千里，肩负着人民的希望，要把红旗插遍祖国四方。哪怕它美蒋勾结、假谈真打、明枪暗箭、百般花样，怎禁我正义在手、仇恨在胸、以一当十，誓把那反动派一扫光！"参谋长思绪万千，心潮激荡。

大声地喊："报告！"

参谋长听到是杨子荣的声音，立刻高兴地喊道："老杨！快进来！"

杨子荣听到参谋长的命令，立刻走进了屋子。

参谋长急步上前，拉住杨子荣问："怎么样？凶手抓到了？"

杨子荣高兴地说："抓到了！这是从他身上搜出的一封信和一张联络图。"说着，杨子荣就把信和联络图从口袋里掏出来，递给了参谋长。

☆这时，杨子荣回来了。他汇报了在猎户老常父女帮助下抓获野狼嗥的经过，还把他们搜到的一封信和一张联络图递给参谋长。参谋长感慨地说，毛主席早就教导我们革命战争是群众的战争。咱们离开了群众就寸步难行啊！

参谋长一边看信和联络图，一边高兴地说："好啊！你们干得漂亮！"

杨子荣接着说："这一带的路很难找，多亏猎户老常给

我们带路哇！凶手很狡猾，刚开始还冒充是咱们的侦查员。经过猎户老常当面揭发，他才承认是威虎山的人。这个人叫李充豪，外号叫野狼嗥。"

参谋长听了杨子荣介绍事情的经过后，感慨地说："好啊！猎户老常对我们的帮助很大。毛主席早就教导我们：'革命战争是群众的战争，只有动员群众才能进行战争，只有依靠群众才能进行战争。'咱们离开了群众，就寸步难行啊！"

杨子荣听参谋长说完，也深有感触地说："是啊！猎户老常还给我们提供了两条上山的道路。我根据他所指的方向，画了一张草图。"说着，他将草图递给了参谋长，接着说，"野狼嗥供认了山前这条明道，他说这儿没有工事，很

☆参谋长看了联络图说："老杨，过去栾平可没交代过这张图啊。"杨子荣道："对。野狼嗥说，联络图上标着奶头山在东北各地的秘密联络点有三百处。这可是个重要问题呀！"他们决定由杨子荣立即提审他的老对手栾平，弄清联络图。

容易上去。不过，我看恐怕没有那么容易。这个野狼嚎应该是在撒谎。"

参谋长说："哼！这显然是谎话。他这是在诱使我们去上他的圈套呢。"

说到这里，参谋长稍微停顿了一下，看了看杨子荣，然后问："你们把猎户父女都安置好了吗？"

杨子荣说："我们把干粮都留给了猎户，他们打算搬到夹皮沟去。"

参谋长说了一声"好"，又看了看联络图："老杨，过去栾平可没有交代过有这张联络图啊。"

杨子荣说："对。野狼嗥说，联络图上标着奶头山在东北各地的秘密联络点有三百多处。这可是个重要问题呀！"

听了杨子荣的介绍后，参谋长对杨子荣说："栾平已经押过来了，我看咱们应该立即提审栾平，弄清楚联络图！"

杨子荣听了之后，连忙说："好，我去带栾平。"参谋长把他叫住，考虑了一下说："老杨，栾平是你的老对手，我看还是由你来审吧。"

杨子荣高兴地说："是。我一定从他口中问出联络图的事情。"

杨子荣走到门口，对放哨的战士喊道："小张！"

小张答道："到！"

杨子荣说："带栾平。"

小张回答了一声"是"，就按照杨子荣的吩咐去带栾平了。

指挥部里，参谋长拉上了保密帘，走进了里屋。

杨子荣把墙边的板凳摆到靠门的地方。

过了不长时间，小张就把栾平押进来了。

杨子荣一指板凳，威严地命令栾平坐在板凳上了。

杨子荣盯着栾平，一脸严肃地喊了一声："栾平！"

栾平连忙站起来，陪着笑脸说："有。"

杨子荣看了看栾平，一字一句地问："你这一段时间交代得怎么样了？"

栾平奸诈狡猾，假装老实地说："我愿意坦白。这一段时间，我是有什么交代什么，实在没有什么隐瞒的了。"

☆栾平被带了进来。杨子荣威严地命令他坐在板凳上，然后一字一句地问："栾平！这一段时间交代得怎么样了？"栾平奸诈狡猾，假装老实地说："我是愿意坦白的，有什么交代什么。"

杨子荣看着狡猾的栾平，冷冷地说："你恐怕还有一样东西没有交代。"

栾平还心存侥幸，想蒙混过关，狡猾地说："长官，除了身上穿的，我是一无所有了！"

杨子荣见栾平还想揣着明白装糊涂，就出其不意地厉声指出："一张图！"

栾平一听，立刻惊慌失措地说："图？"

杨子荣看到了栾平脸上表情的变化，继续声色俱厉地说："一张联络图！"

栾平先是一惊，狡诈的小眼珠转了转，又故作镇静地
说："呃！我想想，我想想……"

☆杨子荣冷冷地说："你还有一样东西没交代。"栾平还想蒙混："长官，除
了身上穿的，我是一无所有！"杨子荣厉声指出："一张图！"栾平一听，
惊慌失口："图！"杨子荣声色俱厉地："一张联络图！"

栾平又装作仔细思索的样子，继续断断续续地说：
"哦，对，对，我想起来了，听说许大马棒是有一张秘密联
络图哇。"

杨子荣看着栾平那狡诈的样子，反问道："听说？"

栾平赶紧解释道："长官，别误会。这张图是许大马棒
的至宝，我连见都没有见到过呀。"

杨子荣见栾平还在跟自己耍心眼，就厉声说："栾平，
你应该懂得我们的政策！"

栾平连忙点点头说："我懂，我懂！坦白从宽，抗拒

从严。"

杨子荣接着问："我问你，你在奶头山是干什么的？"

栾平说："这您知道啊，我是奶头山许大马棒的联络副官。"

杨子荣立即揭穿了他的谎言："哼哼！联络副官不交代联络点，也没有见过联络图。哼！看来，你是不想说实话！"

☆栾平先是一惊，狡诈的小眼珠转了转，又故作镇静地说："呃！我，我想想……哦，对，对，我想起来了，听说许大马棒是有一张秘密联络图哇……这张图是许大马棒的至宝，我连见也没见到过。"

栾平听了杨子荣的分析，佯作无可奈何的样子。

杨子荣是栾平的老对手，打过多次交道，深知栾平贪生怕死，于是就想借机诈他一下。于是，杨子荣猛然拍案而起，大喝一声："押下去！"

杨子荣随后示意小郭，战士小郭领会了杨子荣的意思，

☆杨子荣立即揭穿他的谎言："联络副官不交代联络点，也没见过联络图。哼！看来，你是不想说实话！"栾平伴装无可奈何。杨子荣是栾平的老对手，打过多次交道，深知栾平怕死，猛然拍案而起，大喝一声："押下去！"

☆战士小郭领会杨子荣的意图，也立即用枪对准栾平，威严地喊了一声："走！"栾平一下暴露了他贪生怕死的本质，惊恐地连声呼喊："不，不！我姓栾的该死，我该死！"

也立即用枪对准栾平，威严地喊了一声："走！"

栾平一见这个阵势，立刻慌了手脚，也暴露了他贪生怕死的本质。他惊恐地连声呼喊："不，不！我……我姓栾的该死，我该死！"

栾平一边自打耳光一边苦苦求饶："我该死！我对不起长官，现在我说实话。我手里是有一张秘密联络图，上面画着许大马棒在东北各地的秘密联络点，有三百处哇！不过这张图现在并不在我手里，而是在我老婆手里。这样吧，您把我放出去，我去找到她，把那张图要来，献给长官，立功赎罪，争取宽大处理。"说完，他不停地给杨子荣鞠躬。

杨子荣见栾平开始说实话了，乘胜追击，接着问："你

☆栾平一边自打耳光一边说："我该死！我对不起长官，现在我说实话，是有一张秘密联络图，上面画着许大马棒在东北各地的联络点，有三百处哇！在我老婆手里，这么着，您把我放出去，找到她把这张图要来，献给长官……"

除了联络这三百处，别处呢？"

栾平不解地问："别处？"随后他想明白了，接着说，"那就是座山雕了。不过，座山雕老想着独霸北满，跟许大马棒面和心不和，我跟他很少联络。去年座山雕生日，请我吃百鸡宴，我都没有去呀。"

☆杨子荣乘胜追击："你除了联络这三百处，别处呢？"栾平说："那就是座山雕了。不过，座山雕老想独霸北满，跟许大马棒面和心不和，我跟他很少联络。去年座山雕生日，请我吃百鸡宴，我都没去。"听到"百鸡宴"这些新情况，杨子荣格外注意。

听到栾平说出"百鸡宴"这个新情况，杨子荣格外注意。

杨子荣接着说："你要老实交代！"

栾平点着头答道："唉，唉！我一定交代！老实交代。"

杨子荣又说："你回去把那些联络点的详细情况都给我写出来。"

栾平点点头，连连说："是，是。一定，一定。"

杨子荣看了一眼小郭："带下去吧。"

小郭对着栾平喊了一声"走"，把栾平押下去了。

栾平被带走后，参谋长微笑着从里屋走了出来。

杨子荣把栾平坐的板凳放回原处，看着参谋长说："这家伙真狡猾！"

参谋长风趣地对杨子荣说："哼，狐狸再狡猾也斗不过好猎手哇！有关联络图的事儿，他的口供跟野狼嗥倒是一致的。这说明，他应该是交代了一些实情。"

杨子荣点点头说："是的。他无意中又说出了百鸡宴的事情。我觉得这一点值得注意啊。"

☆栾平被带走后，参谋长从里屋走出来。杨子荣说："这家伙真狡猾！"参谋长风趣地说："狐狸再狡猾也斗不过好猎手哇！有关联络图的事儿，他的口供跟野狼嗥倒是一致的。"杨子荣说："可他无意中又说出了百鸡宴。这封信上座山雕又请他上山赴宴，我看这里面还有问题呀。"参谋长很同意他的判断。

参谋长点点头说："嗯！我也注意到这一点了。"

　　杨子荣又接着说："这封信上座山雕又请他上山赴宴，我看这里面还有问题呀。"

　　参谋长很同意他的判断。

　　正在他们讨论的时候，申德华朝这边走了过来。申德华来到指挥所门口，喊了一声："报告！"

　　参谋长说："进来吧。"

　　申德华进屋以后就跟参谋长汇报说："参谋长，同志们急着要打威虎山，都写请战书呢！"

　　参谋长看了看申德华，微笑着说："是你带的头吧？"

　　申德华显然是没有想到参谋长会这么问，一时语塞，答不上话来："我……"

☆这时，申德华进来报告说："同志们急着要打威虎山，都写请战书呐！""是你带的头吧？"参谋长一语道破，三人哈哈大笑。参谋长接着说："同志们的心情是可以理解的。现在兄弟部队已经封锁住牡丹江一带的渡口要道，座山雕跑不了啦！"

　　杨子荣哈哈大笑了起来。参谋长一语道破,也哈哈大笑起来。申德华也尴尬地跟着笑了起来。

　　参谋长认真地对申德华说:"同志们的心情是可以理解的。现在兄弟部队已经封锁住牡丹江一带的渡口和要道,座山雕跑不了啦!"

　　参谋长拉着申德华和杨子荣坐在炭盆旁,细细分析着:"不过,座山雕这个家伙很不容易对付。大家不是讨论过几次了吗?用大兵团进剿,等于用拳头打跳骚,不行;把他们引下山来一口一口地吃掉,任务紧迫,也不行。这是一场特殊的战斗!咱们要记住毛主席的教导,在战略上要藐视敌人,在战术上要重视敌人!"

　　说到这里,参谋长稍微停顿了一下,然后接着说:"德

☆参谋长坐下来,细细分析:"不过,这个家伙很不容易对付……用大兵团进剿,等于拳头打跳蚤,不行;把他们引下山来一口一口吃掉,任务紧迫,也不行。这是一场特殊的战斗!咱们要记住毛主席的教导,在战略上要藐视敌人,在战术上要重视敌人!"

华同志，你再去召开一次民主会，根据新的情况，好好讨论一下。"

申德华痛快地回答了一声："是!"，就按照参谋长的命令去召开讨论会了。

参谋长看了看杨子荣，认真地问："老杨，你有什么想法?"

杨子荣考虑了一下说："我想再审审野狼嗥，进一步弄清楚威虎山百鸡宴的情况。"

☆参谋长让申德华再去召开一次民主会，根据新的情况，好好讨论一下。他问杨子荣有什么想法。杨子荣说："我想再审野狼嗥，进一步弄清威虎山百鸡宴的情况。"参谋长很支持他并寄予很大期望："好! 我等着你拿出主意来!"

参谋长很支持他并寄予了很大的期望，说："好! 我等着你拿出主意来!"

杨子荣说："是。"

杨子荣他们走后，参谋长根据掌握的敌情思考着："几天来摸敌情收获不小，细分析把作战计划反复推敲。威虎山依仗着地堡暗道，看起来欲制胜以智取为高。选能手扮土匪钻进敌心窍，方能够里应外合捣匪巢。这任务重千斤派谁最好？"

☆杨子荣他们走后，参谋长根据掌握的敌情思考着："几天来摸敌情收获不小，细分析把作战计划反复推敲。威虎山倚仗着地堡暗道，看起来欲制胜以智取为高。选能手扮土匪钻进敌心窍，方能够里应外合捣匪巢。这任务重千斤派谁最好？"

　　他经过反复思考，首先想到了杨子荣："杨子荣有条件把这副担子挑！他出身雇农本质好，从小生死线上受煎熬。满怀着深仇把救星找，找到了共产党走上革命的路一条。参军后立誓把剥削根子全拔掉，身经百战、出生入死、屡建功劳。"

　　"他多次凭机智炸毁敌碉堡，他也曾虎穴除奸救出多少战友和同胞。入林海他与土匪多次打交道，擒栾平、逮胡

☆他经过反复思考，首先想到了杨子荣："杨子荣有条件把这副担子挑！
他出身雇农本质好，从小在生死线上受煎熬。满怀着深仇把救星找，找
到了共产党走上革命的路一条。参军后立誓把剥削根子全拔掉，身经百
战、出生入死屡建功劳。"

　　标、活捉野狼嗥。这一次若派他单入险要，相信他——心
红红似火，志坚坚如钢，定能够战胜顽匪座山雕。"参谋长
对派杨子荣去完成任务充满了信心。

　　正在这时，申德华来到了参谋长的房间。

　　参谋长问申德华："德华同志，民主会开得怎么样？"

　　申德华跟参谋长汇报了开会的情况："……大家仔细研
究了敌情，我们认为只能智取，不能强攻，必须派一个同
志打进匪巢……"

　　参谋长听了申德华汇报的情况后，高兴地说："对。咱
们想到一块儿去了。来，咱们坐下一起详细谈一谈。"

　　正说着，杨子荣身上穿着土匪的大衣，急急忙忙地进

了屋。

参谋长抬头上下打量着他，申德华惊讶地望着他。

杨子荣冲着参谋长行了一个匪礼，认真地说："胡标前来献图！"

参谋长惊讶地反问道："胡标？老杨！"参谋长、申德华止不住哈哈大笑起来。

☆"他多次凭机智炸毁敌碉堡，他也曾虎穴除奸救出多少战友和同胞。入林海他与土匪多次打交道，擒栾平、逮胡标、活捉野狼嗥。这一次若派他单人入险要，相信他——心红红似火，志坚坚如钢，定能够战胜顽匪座山雕。"参谋长对派杨子荣去完成任务充满了信心。

随后杨子荣脱下身上的大衣，坐下来。

参谋长看着杨子荣说道："快说说你的想法。"

杨子荣说道："参谋长，攻打威虎山，我看最好是智取。"

参谋长和申德华对视了一眼，笑着说："对。"

杨子荣接着说："敌人的百鸡宴倒是个好机会。"

参谋长兴奋地问杨子荣："百鸡宴的情况弄明白啦？"

　　杨子荣点点头说："弄明白来了。"随后，他绘声绘色地讲述他的计划："每年腊月三十晚上，为座山雕庆寿，要用一百家的鸡摆下筵席，这就叫百鸡宴。"

☆申德华来汇报民主会的情况，说大家认为只能智取，不能强攻，必须派一个同志打进匪巢……正说着，杨子荣身穿土匪的大衣，进门来冲着参谋长行了个匪礼："胡标前来献图！""胡标？"参谋长、申德华止不住哈哈大笑。杨子荣提出了利用"百鸡宴"智取威虎山的建议。

　　稍微停顿了一下，杨子荣站起来继续说道，"我建议派一个同志打进敌人的内部，把明堡、暗道全弄清楚，然后利用百鸡宴，把土匪全部集中在威虎厅里，用酒灌醉……"

　　参谋长紧接着说："追剿队出其不意地插上威虎山，打他个措手不及！"

　　杨子荣看着参谋长恳切地请求："参谋长，这个任务就交给我吧！"

　　申德华也说："同志们也提议要老杨担当这个任务！"

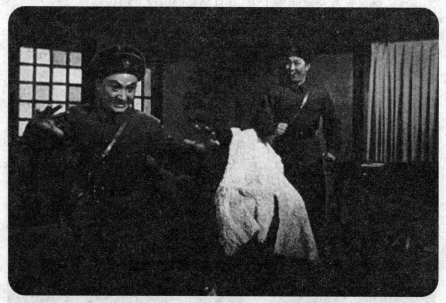

☆杨子荣绘声绘色地讲述他的计划:"每年腊月三十晚上,为座山雕庆寿,要用一百家的鸡摆下筵席,这就叫百鸡宴。我建议派一个同志打进敌人内部,把明堡暗道全弄清楚,然后利用百鸡宴,把土匪全部集中在威虎厅里,用酒灌醉……"

参谋长听了之后,高兴地说:"哦,好哇!"

参谋长把联络图递给申德华并安排道:"德华同志,把联络图拿去复制留底。你通知下去,我们开个支部委员会。"

申德华听了参谋长的安排后,说道:"是!"

参谋长握住杨子荣的手,关切地问:"老杨,你只身一人,改扮土匪,打进威虎山,有把握吗?"

杨子荣看着参谋长信心十足地说:"我有三个有利条件。"

参谋长听了之后,问道:"这一?"

杨子荣说道:"奶头山许大马棒刚刚垮台,我可以扮作

☆参谋长紧接着说："追剿队出其不意地插上威虎山，打他个措手不及！"杨子荣恳切地要求："参谋长，这个任务就交给我吧！"申德华也说："同志们也提议要老杨担当这个任务！""哦，好哇！"参谋长说着就安排申德华把联络图拿去复制留底，并要他通知马上召开支委会。

他的饲马副官胡标，这个人现在我们手里，座山雕没有见过他；我又熟悉土匪黑话，不会露出破绽。"

参谋长接着问："二呢？"

杨子荣依旧信心十足地说道："我把联络图带给座山雕，作为晋见礼，必定能够取得他的信任。"

参谋长听了之后，高兴地说："好。"

杨子荣接着继续说："这第三个条件最重要……"参谋长紧接着他的话说："就是中国人民解放军对党、对毛主席的赤胆忠心！"

杨子荣看着参谋长交心地说道："参谋长，你是了解我的！"

☆参谋长关切地问杨子荣有没有把握？杨子荣信心十足地说："我有三个有利条件。""这一？""奶头山许大马棒刚垮台，我可以扮作他的饲马副官胡标，这个人现在我们手里，座山雕没见过他；我又熟悉土匪黑话，不会露出破绽。""二呢？""我把联络图带给座山雕，作为进见礼，必然取得他的信任。"

参谋长看着杨子荣，深情地说："老杨，这个任务不比往常啊！"

"参谋长！"杨子荣激动地倾诉着他的坚强决心和斗争意志，"共产党员时刻听从党召唤，专拣重担挑在肩。一心要砸碎千年铁锁链，为人民开出那万代幸福泉。"

"明知征途有艰险，越是艰险越向前。任凭风云多变幻，革命的智慧能胜天。立下愚公移山志，能破万重困难关。一颗红心似火焰，化作利剑斩凶顽！"杨子荣豪气冲天。

参谋长钦佩、赞赏地看着杨子荣，高兴地说："好！你

☆杨子荣继续说:"这第三个条件最重要……"参谋长紧接着他的
话说:"就是中国人民解放军对党对毛主席的赤胆忠心!"杨子
荣交心地:"参谋长,你是了解我的!"参谋长深情地:"老杨,
这个任务不比往常啊!"

☆"参谋长!"杨子荣激动地倾诉他的坚强决心和斗争意志,"共产
党员时刻听从党召唤,专拣重担挑在肩。一心要砸碎千年铁锁
链,为人民开出万代幸福泉。"

骑上许大马棒的青鬃马，按照猎户指引的路线，往东北方……"

杨子荣说："绕道上山。"

☆"明知征途有艰险，越是艰险越向前。任凭风云多变幻，革命的智慧能胜天。立下愚公移山志，能破万重困难关。一颗红心似火焰，化作利剑斩凶顽！"杨子荣豪气冲天。参谋长钦佩、赞赏地看着杨子荣。

参谋长接着说："你走之后，咱们的追剿队会进驻夹皮沟，在那里发动群众，积极备战，等候你的情报！"

杨子荣点点头说："我把情报按照记号放在威虎山西南方松树林中。"

参谋长说："我在本月二十日派申德华去取情报。"

杨子荣坚定地说："我保证准时送出。"

参谋长说："好，追剿队接到情报，立即出发，里应外合，把座山雕这股顽匪歼灭在威虎山！"

杨子荣接着说："参谋长，这是一个完整的作战方案，

就这样决定了吧!"

就这样,杨子荣和参谋长共同制订了这个完整、详尽的作战方案。

参谋长激动地握住杨子荣的手,关切地一再叮嘱杨子荣:"子荣同志!做事情一定要大胆、谨慎!我们相信你定能够完成重任,这件事关系重大、举足轻重。我们还要开支委会讨论决定,用集体的智慧战胜敌人。"此时,杨子荣和参谋长的手紧紧地握在了一起。

☆紧接着,杨子荣和参谋长共同制定了一个完整、详尽的作战方案。参谋长亲切地叮嘱道:"子荣同志!大胆,谨慎!相信你定能够完成重任,这件事关系大举足轻重。还要开支委会讨论决定,用集体的智慧战胜敌人。"

第五章

打虎上山

几天后，在威虎山的山脚下，来了一个人，这个人就是杨子荣。根据支委会的决议，杨子荣装扮成土匪胡标，骑上许大马棒的青鬃马，按照猎户老常指引的路线，奔向威虎山。

征途上，茫茫雪原，密林层叠，阵风吹来，树冠摇动，树影婆娑。

☆几天后，根据支委会的决议，杨子荣装扮成土匪胡标，骑上许大马棒的青鬃马，按照猎户老常指引的路线，奔向威虎山："穿林海跨雪原气冲霄汉！"征途上，茫茫雪原，密林层叠，阵风吹来，树冠摇动，树影婆娑。

威虎山的森林中，一株株挺拔的栋梁松，高耸入云，缕缕阳光，透过密林，洒落在雪地上。杨子荣跃马扬鞭，驰骋穿越，飞奔在这片林海雪原中。

☆森林中，一株株挺拔的栋梁松，高耸入云，缕缕阳光，透过密林，洒落在雪地上。杨子荣跃马扬鞭，驰骋穿越，飞奔在这片林海雪原中。

　　杨子荣高扬马鞭，紧紧地握住缰绳，纵横驰骋，穿林海，跨雪原。杨子荣肩上虽有千斤重担，但他心中却充满壮志豪情。他胸怀着革命壮志，不怕千难万险，一往无前地朝着威虎山前进。

　　"抒豪情寄壮志面对群山！"杨子荣面对祖国的大好河山，更激发起无产阶级革命战士的远大理想和信念，"愿红旗五洲四海齐招展，哪怕是火海刀山也扑上前！"

　　"我恨不得急令飞雪化春水，迎来春色换人间！"迎着金色的阳光，杨子荣抒发着他对祖国美好未来的憧憬，对广大劳苦人民大众即将获得幸福美满生活的向往。

☆杨子荣高扬马鞭，紧握缰绳，纵横驰骋，穿林海，跨雪原。他胸怀革命壮志，不怕千难万险，一往无前地朝着威虎山前进。

☆"抒豪情寄壮志面对群山！"杨子荣面对祖国的大好河山，更激发起无产阶级革命战士的远大理想和信念，"愿红旗五洲四海齐招展，哪怕是火海刀山也扑上前！"

☆"我恨不得急令飞雪化春水，迎来春色换人间！"迎着金色的阳光，杨子荣抒发着他对祖国美好未来的憧憬，对广大劳苦人民大众即将获得幸福美满生活的向往。

这一切更激发起杨子荣对眼前这场战斗的决心和勇气："党给我智慧给我胆，千难万险只等闲。为剿匪先把土匪扮，似尖刀插进威虎山。誓把座山雕，埋葬在山涧，壮志憾山岳，雄心震深渊。待等到与战友会师百鸡宴，捣匪巢定叫它地覆翻天！"

杨子荣扬鞭纵马，正要继续前进。突然，不远处传来一阵虎啸声，青鬃马惊得前蹄儿竖起来，嘶叫不止。杨子荣用力拉紧缰绳，稳住坐骑。

杨子荣沉着地跳下战马，把马牵到密林里隐蔽，然后，脱下外衣，拔出枪来，全神贯注地观察着老虎的动向。

眼看着老虎向这边猛扑过来，杨子荣看准时机，奋然跃起，举枪射击。随着枪声响起，前方的猛虎传来长长的

☆这一切更激发起杨子荣对眼前这场战斗的决心和勇气:"党给我智慧给我胆,千难万险只等闲。为剿匪先把土匪扮,似尖刀插进威虎山。誓把座山雕,埋葬在山涧,壮志撼山岳,雄心震深渊。待等到与战友会师百鸡宴,捣匪巢定叫它地覆天翻!"

☆杨子荣扬鞭纵马,正要继续前进。突然,不远处传来一阵虎啸声,青鬃马惊得前蹄儿竖起来,嘶叫不止。杨子荣用力拉紧缰绳,稳住坐骑。

☆杨子荣沉着地偏腿下马，把马牵到密林中隐蔽，然后，脱下外衣，拔出枪来，全神贯注地观察着老虎的动向。

☆眼看着老虎向这边猛扑过来，杨子荣看准时机，奋然跃起，举枪射击。随着枪声响起，前方传来猛虎长长的呼啸、哀号。

呼啸、哀号。

　　杨子荣收好枪，提起皮大衣，正要上马继续前行，远处又传来一阵枪声。杨子荣警觉地听着，判断是匪徒们下山来了。他镇静地做好准备："刚刚打死了一只，现在又来一群，叫你们同样逃脱不了覆灭的下场！"

　　☆杨子荣收好枪，提起皮大衣，正要上马继续前行，远处又传来一阵枪声。杨子荣警觉地听着，判断是匪徒们下山来了，他镇静地作好准备："刚刚打死一只，现在又来一群，叫你们同样逃脱不了覆灭的下场！"

　　只听见不远处匪参谋长大声地喊道："站住！"

　　杨子荣判断的没有错，果然是土匪座山雕的参谋长率领着几个小匪徒从密林深处走来。

　　杨子荣随机应变，穿好了大衣，挺身上前，行了个匪礼。

　　匪参谋长带领众匪徒来到杨子荣的跟前，上下打量他一番，用黑话问道："蘑菇溜哪路？什么价？"

☆果然是土匪座山雕的参谋长率领着几个小匪徒从密林深处走来。
杨子荣穿好大衣，挺身上前，行了个匪礼。匪参谋长上下打量他
一番，用黑话问："蘑菇溜哪路？什么价？"杨子荣昂首不答。

☆突然，一个小土匪发现前方有只老虎，连声惊叫："虎！虎！虎！"
众匪徒吓得胆战心惊，慌忙后退。看见土匪的这副狼狈相，杨子
荣禁不住哈哈大笑说："好大的胆子，那是只死虎。"

杨子荣昂首挺胸地站在那儿，并不答话。

突然，一个小土匪发现了前面有一只杨子荣打死的老虎，连声惊叫道："虎！虎！虎！"众匪徒吓得胆战心惊，慌忙后退。

看见土匪们的这副狼狈相，杨子荣禁不住哈哈大笑着说："好大的胆子，那是一只死虎。"

一个土匪壮着胆子走过去看了看，又拿枪捅了捅地上的老虎，确信老虎死了以后，这才笑着回来报告："好枪法！天灵盖都打碎了！"

匪参谋长看了看杨子荣，有些疑惑地问："是你打死的？"

☆一个土匪看了老虎后回来报告："好枪法！天灵盖都打碎了！"匪参谋长问杨子荣："是你打死的？""它撞在我枪口上了。"面对匪参谋长的盘问，杨子荣反问道，"看样子，你们是威虎山的人啦？我要面见崔旅长，有要事相告。"匪参谋长一再逼问，杨子荣傲然地说："不见到崔旅长，你们什么也别想问出来！"

　　杨子荣坦然地回答道："它撞在我的枪口上了。"

　　匪参谋长听了之后，点点头说："嗯，好样儿的！你是哪个山头的？到这儿干什么来了？"

　　面对匪参谋长的盘问，杨子荣没有直接回答他的问题，而是反问道："看样子，你们是威虎山的人啦？"

　　匪参谋长见杨子荣还反问自己，就有点不耐烦地说："哼哼！那还用说。"

　　随后匪参谋长又自己觉得有点失言，接着说问："嗯！说一说吧，你到底是哪个山头的？"

　　杨子荣却理直气壮地说："这个你别问。我要面见崔旅长，有要事相告。"

　　匪参谋长听杨子荣并不回答自己的问话，还口口声声地要见座山雕，就有一些生气地说："你怎么连山礼山规都不懂，你不是个'溜子'，是个'空子'！"

　　杨子荣瞅了一眼匪参谋长，不屑地说："是个'空子'，也不敢来闯威虎山哪！"

　　匪参谋长见杨子荣根本就不把自己放在眼里，就声色俱厉地说："么哈？么哈？"

　　杨子荣摆出一副胸有成竹的样子，昂首不答。

　　众小土匪都围了上来，齐声威逼着杨子荣："说！"

　　不管匪参谋长如何一再逼问，杨子荣依旧傲然地说："不见到崔旅长，你们什么也别想问出来！"

　　匪参谋长见杨子荣一副傲然铁骨的样子，只得无可奈何地说："好！咱们走！"

　　随后，他看了一眼杨子荣，接着问："你的家伙呢？"

　　杨子荣轻蔑地看了匪参谋长一眼，哈哈冷笑了几声，接着说："别害怕！"说着，杨子荣把枪从身上取下来，扔给了小土匪，又示意匪徒们抬着老虎、牵着他的马。

　　匪参谋长对众小土匪命令道："把虎搭着，牵着马！"

众小土匪连忙回答："是!"

杨子荣面带着胜利的微笑，坚定、镇静、勇敢地走上了威虎山。

☆匪参谋长无可奈何地说："好！咱们走！你的家伙呢?"杨子荣冷笑几声，轻蔑地说："别害怕!"说着把枪扔给小土匪，又示意匪徒们抬虎、牵马。杨子荣面带胜利的微笑，坚定、镇静、勇敢地走上威虎山。

第六章

打进匪窟

阴森、恐怖的威虎厅坐落在威虎山的一处山洞内，这里是座山雕匪帮盘踞的中心。威虎厅内，悬挂着几盏灯火。持枪的匪徒站立在洞口两侧，匪首座山雕坐在威虎厅正中间的椅子上，座山雕手下的"八大金刚"杂乱地分别立在两旁，从远处望去，像是龟缩在阴暗的角落里。

☆阴森、恐怖的威虎厅坐落在威虎山的一处山洞内，这里是座山雕匪帮盘踞的中心。持枪的匪徒站立在洞口两侧，匪首座山雕和他手下的"八大金刚"龟缩在阴暗的角落里。只听一声嚎叫："三爷有令，带'溜子'！"杨子荣昂首阔步走进威虎厅，他的身后一缕阳光射进洞内。

匪参谋长先派了一个小匪徒进威虎厅向座山雕禀报情况。座山雕沉吟了一会儿，示意匪参谋长带人进来。

得到了匪首座山雕的示意，匪参谋长大声喊道："三爷有令，带'溜子'！"

听到匪参谋长的喊声，众小匪随后齐声喊道："带'溜子'喽！"

杨子荣昂首阔步走进威虎厅，他的身后一缕阳光射进山洞。

深入匪巢的杨子荣机警地巡视着四周，仔细地观察着敌情。他强压住满腔仇恨，决心与这帮顽匪作一番生死较量："虽然是只身把龙潭虎穴闯，千百万阶级弟兄犹如在身旁。任凭那座山雕凶焰万丈，为人民战恶魔我志壮力强。"

杨子荣走上前给座山雕行了个匪礼。座山雕猛地从虎

☆深入匪巢的杨子荣机警地巡视四周，观察敌情。他强压住满腔仇恨，决心与这帮顽匪作一番生死较量："虽然是只身把龙潭虎穴闯，千百万阶级弟兄犹如在身旁。任凭那座山雕凶焰万丈，为人民战恶魔我志壮力强。"

皮座椅上蹦起身来，摔掉皮大氅，和八大金刚轮番用土匪黑话盘问杨子荣。

座山雕上下打量着杨子荣，许久都没有说话。正当杨子荣心中稍有一些不安的时候，座山雕突然问道："天王盖地虎！"

杨子荣立刻回过神来，很坦然地回答："宝塔镇河妖！"

众金刚接着问道："么哈？么哈？"

杨子荣干脆利索地答道："正晌午时说话，谁也没有家！"

其他的暗语，杨子荣也都对答如流，丝毫没有露出破绽。

座山雕看着杨子荣突然问道："脸红什么？"

杨子荣一脸的坚定，朗朗地说道："精神焕发！"

座山雕接着问道："怎么又黄啦？"

☆见杨子荣走上来行了个匪礼，座山雕猛地从虎皮座椅上蹦起身来，甩掉皮大氅，和八大金刚轮番用土匪黑话盘问杨子荣。杨子荣对答如流。座山雕又突然发问："脸红什么？"

这时见杨子荣没有马上回答，"八大金刚"唰地亮出刀枪，团团围住杨子荣。

杨子荣看了看围在自己四周的这些凶神恶煞般的匪徒，不禁哈哈大笑，然后镇静地用黑话回答："防冷涂的蜡！"众匪徒在杨子荣身上实在是找不出破绽，只得散开了。

☆杨子荣朗朗回答："精神焕发！""怎么又黄啦？"座山雕又问。随后，"八大金刚"唰地亮出刀枪，团团围住杨子荣。杨子荣看了看四周这些凶神恶煞般的匪徒，不禁哈哈大笑，然后镇静地用黑话回答："防冷涂的蜡！"众匪徒找不到破绽，只得散开。

座山雕见自己也实在没有理由找出杨子荣身上有什么可以怀疑的地方，也颓然坐下。突然，他举起枪来击灭了在洞顶的一盏猪油灯，然后转头望着杨子荣。

杨子荣表现出一副大义凛然的样子，毫不畏惧，只见他从匪参谋长手里要过手枪，右手往上一扬，"砰"的一声，两盏灯同时应声而灭。

众小土匪看了之后，全部哗然，完全被杨子荣的这一举动给震撼住了，只见他们一个个惊讶地看着杨子荣，嘴里佩服地说道："呵，一枪打俩，真好，真好……"

☆座山雕也颓然坐下，突然，他举枪击灭吊在洞顶的一盏猪油灯，然后转头望着杨子荣。杨子荣轻蔑地瞥了一眼，从匪参谋长手里要过手枪，只见他右手一扬，"呼"的一声，两盏灯同时应声而灭。"一枪打俩！"众匪徒愕然，议论纷纷。

　　"八大金刚"也被杨子荣的这一举动给震撼住了，但是在看到小土匪们那赞不绝口的议论纷纷的表情时，心里就不高兴了，赶紧出来制止。

　　说实话，杨子荣这样的身手也是座山雕没有想到的，他本来是想拿自己的这个举动来镇住杨子荣，没想到自己反而被杨子荣的身手给镇住了。座山雕稍微稳定了一下自己的情绪，掩饰一下自己刚才显示出来的惊讶，看着杨子荣问："照你这么说，你是许旅长的人啦？"

　　杨子荣看着座山雕一字一句地说："我是许旅长的饲马副官胡标！"

座山雕听杨子荣报了身份和名字，并不完全相信，而是继续审问道："胡标？那我问问你，什么时候跟的许旅长？"

杨子荣坦然地答道："在他当警察署长的时候。"

座山雕决定拿一些问题试探一下这个"胡标"，于是装作拉家常似的问："听说许旅长有几件心爱的东西？"

杨子荣果断地答道："两件珍宝。"

座山雕不容杨子荣有思考的时间，立刻追问："哪两件珍宝？"

杨子荣爽朗地答道："好马快刀。"

座山雕接着追问道："马是什么马？"

杨子荣利索地答道："卷毛青鬃马。"

座山雕不等杨子荣有任何喘息的机会，接着又追问道："刀是什么刀？"

杨子荣面不改色，依旧镇静地回答："日本指挥刀。"

座山雕接着追问道："何人所赠？"

杨子荣爽快地答道："皇军所赠。"

座山雕见这些问题还难不倒杨子荣，一副誓不罢休的样子，接着问道："在什么地方？"

杨子荣依旧坦然地答道："牡丹江五合楼！"

看着杨子荣坦然的样子，座山雕心中的疑惑减了不少。他稍微停顿了一下，接着说："嗯，你既是许旅长的饲马副官，上次侯专员召集开会，我怎么只见到栾平栾副官，没有见到你呀？"

杨子荣镇静地答道："崔旅长，我胡标在许旅长那儿，不过是个走卒而已，哪儿比得上人家栾副官，出头露面全是人家呀！"

座山雕又一连串地追问了有关许大马棒的各种问题，杨子荣都一一对答，滴水不漏。座山雕最后问道："你来到威虎山打算怎么办？"

☆座山雕问杨子荣："照你这么说，你是许旅长的人啦？"杨子荣答："许
旅长的饲马副官胡标！"座山雕又一连串地追问有关许大马棒的各种问
题，杨子荣一一对答，滴水不漏。座山雕最后问道："你来到威虎山打
算怎么办？"

　　杨子荣冲着座山雕一施礼："来投靠崔旅长，也好步步
登高。今天初登门坎，各位老大就是这样不信任我，可有
点不仗义了吧？"

　　座山雕听杨子荣这么一说，赶紧支吾着说："嘿嘿嘿
嘿！这也是为了山寨的安全嘛，哈哈哈哈！"

　　"八大金刚"也开始支吾着、打着哈哈，跟在座山雕后
面笑了起来。

　　座山雕接过一旁小匪给他递上来的烟袋，开始抽了
起来。

　　他抽了一口烟，眯缝着眼睛吐了一口烟气，看了看杨
子荣，接着问道："胡标，奶头山是什么时候失陷的？"

杨子荣肯定地回答："腊月初三。"

座山雕点点头，接着又问道："你怎么走了这么多日子？"

杨子荣叹了一口气说："崔旅长，我胡标这一趟来得可不容易呀。奶头山被攻破，我在白松湾避了几天风。"

☆"投奔崔旅长，也好步步登高。"杨子荣有意转守为攻，"今天初登门坎，各位老大就是这样不信任我，可有点不仗义了吧？"座山雕支吾着："这也是为了山寨的安全嘛。"他又盘问杨子荣奶头山攻陷后的行踪。杨子荣故意说，在栾平的三舅家避了几天风。座山雕急忙追问栾平的下落。

杨座山雕一听，反问道："白松湾？"

杨子荣认真地答道："就是在白松湾栾平他三舅家。"

座山雕听到这里，立刻心中一动，接着问道："你见着栾平了？"

杨子荣利索地回答道："见着了。"

座山雕接着追问道："那野狼嗥呢？"

杨子荣一听座山雕问野狼嗥的下落，就装着不知道的样子，反问道："野狼嗥？"

座山雕点点头，看着杨子荣说道："啊，就是野狼嗥！"

杨子荣摇摇头说："不知道。"

众匪徒本来还以为杨子荣知野狼嗥的下落，因为他们现在正在非常着急地找他，谁知道杨子荣的回答令他们十分失望，面面相觑。

座山雕还是不罢休，继续问道："胡标，你来了，那栾平呢？"

杨子荣反问道："栾平？"

座山雕现在非常着急，想知道栾平的下落，当然实际上是关心栾平手中的那份"联络图"。

杨子荣看到现在这样的情况后，心里一想，故意装作非常生气的样子，说道："唉！别提了！"

座山雕本来心里就非常着急了，现在听杨子荣这么一说，心里就更加着急了，只见他身子从椅子里探了出来，看着杨子荣连忙问道："怎么啦？"

其他的匪徒听到杨子荣说的话，心也揪了起来，一起拥上来，围在了杨子荣的周围。杨子荣看到小匪都上来了，对座山雕表示这是机密，接着说道："我……"

座山雕立刻明白了杨子荣的意思，赶紧冲"八大金刚"使了一个眼色。"八大金刚"对着众小匪吆喝道："去，去，去！"众小匪只好无可奈何地走了出去。

座山雕见杨子荣还是不紧不慢的样子，又接着问道："胡标，栾副官到底是怎么回事啊？"

杨子荣装作很生气的样子说："一言难尽！提起栾平气难安……"

座山雕紧张地问道："他怎么啦？"

杨子荣说道："他全不顾江湖中'义'字当先。"

座山雕听到这儿，有一些不相信地说："唉，他怎么不讲义气了？"

杨子荣接着说："奶头山被攻破我二人幸免，我劝他改换门庭投靠威虎山。"

"八大金刚"听杨子荣这么说，都很得意。座山雕也满意地点点头，看着杨子荣问："嗯，他来不来呢？"

杨子荣说："人各有志不能勉强，他不该……他不该恶语伤人吐狂言。"

座山雕有一些不解地问："他说什么？"

杨子荣显得很为难地说："他说……"

座山雕有一些着急地问："他说什么？"

杨子荣故意很难为情的样子，停了一会儿，叹了一口气，还是没说。

☆杨子荣装作生气的样子："嘻！别提啦！一言难尽！提起栾平气难安，全不顾江湖中'义'字当先。奶头山被攻破我二人幸免，我劝他改换门庭投靠威虎山。人各有志不能强勉，他不该——他不该恶语伤人吐狂言。他说……咳！"杨子荣显得为难，座山雕迫不及待："你说，你快说呀！"

座山雕见状，有一些迫不及待说："唉，老胡，你说，你快说呀！"

杨子荣故意装作吞吞吐吐的样子说："他说——座山雕也要听侯专员——"

座山雕着急地问："什么？"

杨子荣接着说："调遣！"

座山雕听杨子荣说完，已经气不打一处来，只见他右腿跨着椅子，转身，气得暴跳如雷地说道："啊！什么？我听他的调遣！？"

"八大金刚"听了之后也很不高兴，齐声说："去他的，侯专员算什么玩意儿！咱们三爷凭什么听他调遣！"

杨子荣看到座山雕被气得嘴歪眼斜的样子，心里十分高兴，依旧很镇静地说："栾平他还有话呢！"

☆杨子荣故意吞吞吐吐地："他说——座山雕也要听侯专员——调遣！"座山雕听了气得暴跳如雷："什么？我听他的调遣！？"杨子荣接着说："栾平他还有话呢！八大金刚无名鼠辈更不值一谈。"顿时，威虎厅一阵骚乱，"八大金刚"被激怒得乱蹦乱骂。

"八大金刚"都瞪大了眼睛，看着杨子荣问："他还说什么了？"

杨子荣接着说："他说，座山雕手下的八大金刚更是无名鼠辈，不值一谈。"

杨子荣的话音刚落，威虎厅内立刻爆发出一阵骚乱，"八大金刚"被激怒得大声地嚷叫着："啊！这个兔崽子！他居然敢骂我们是鼠辈！"

☆杨子荣继续诱敌上钩："他自称凤凰要把高枝占，侯专员树大根深是靠山。说话间掏出图一卷！""图？"座山雕一听说图，立刻从他的宝座上下来，跟在杨子荣身后转悠。杨子荣牵着座山雕一群人在威虎厅转了一圈，才慢慢往下继续转述栾平的话："投专员献宝图定可升官。"

杨子荣看到座山雕和"八大金刚"被自己愚弄的样子，心里别提有多高兴了。杨子荣决定利用这些匪徒的愤怒，继续诱敌上钩："他自称凤凰要把高枝占，侯专员树大根深是靠山。"

"八大金刚"听了不屑一顾地说："去他的吧！"

杨子荣接着说:"说话间他掏出图……"

一听到这里,机灵狡猾的座山雕眼中都流露出贪婪的光彩:"图?"

杨子荣知道自己的话又引起了座山雕的注意,装作没看见,继续往下说:"一卷!"

座山雕一听到杨子荣说图,立刻从他的宝座上下来了,馋涎欲滴地跟在杨子荣身后团团转悠。

现在杨子荣可以断定,这图一定在座山雕的面前是大分量。只见座山雕依旧很惊讶地问道:"图怎么样?"

杨子荣牵着座山雕一群人在威虎厅里转了一圈,才慢慢往下继续转述栾平的话:"投专员献宝图定可升官。"

座山雕听了之后,看着杨子荣紧张地问:"是那张联络图吗?"

杨子荣看着座山雕紧张的样子,心中窃喜,肯定地回答:"对,正是那张秘密联络图。"

座山雕被气得咬牙切齿,又不甘心地问:"这么说,他把那张图献给侯专员啦?"

"您别着急。"见座山雕急成这样,杨子荣面带讽刺地微笑,慢慢地往下说。杨子荣继续绘声绘色地说:"他得意洋洋笑眯了眼,从屋里搬出酒一坛。我一连灌他三大碗……"

座山雕听到这儿,惊讶地"喔"了一声。

杨子荣接着又说:"栾平他醉成泥一滩。"

座山雕和"八大金刚"全神贯注地听着杨子荣的叙述,听到此处都得意地哈哈大笑起来:"哈哈哈,他醉了。"

杨子荣扫视了众匪徒一眼,又接着说:"这个时候,我趁他醉得不省人事……"

座山雕点点头,说道:"嗯!"

杨子荣接着说道:"我就……"

☆座山雕紧张地追问："是那张联络图吗？"杨子荣肯定地回答："对，正是那张秘密联络图。"座山雕气得咬牙切齿，又不甘心地问："这么说，他把那张图献给侯专员啦？""您别着急。"见座山雕急成这样，杨子荣面带讽刺的微笑，慢慢地往下说。

"宰了他！"愤怒的座山雕没有等杨子荣说完就抢着喊道。

杨子荣看着座山雕愤怒的样子，摇摇头，接着说道："不能啊！"

接着杨子荣走上前，来到座山雕的跟前，按住他的手臂，深情地说："我们是多年的老朋友啦！"

座山雕没有想到眼前的"胡标"还是这么重情义的人，连忙干笑着说："呵呵，呵呵，呵呵呵呵！"

座山雕这时感觉到自己刚才的举动有点失言，很窘地改口说："对，对，对，友情为重，友情为重啊！"说完，他就尴尬地哈哈大笑了起来。

"八大金刚"也杂乱地附和着座山雕说道："对，对，

☆杨子荣绘声绘色地说道:"他得意洋洋笑眯了眼,从屋里搬出酒一坛。我
  一连灌他三大碗,栾平他醉成泥一滩。"座山雕和"八大金刚"全神贯注
  地听着杨子荣的叙述,听到此处也都得意地哈哈大笑:"哈哈哈,他醉了。"

对!友情为重啊,够朋友!"

座山雕看着杨子荣接着说:"老胡,你说下去!"

杨子荣接着胸有成竹地说:"他有他的打算,我有我的
主意。"

座山雕听到这儿心急地问道:"你打算怎么着?"

杨子荣稍微有点犹豫地说:"我……"

座山雕点点头,说道:"嗯。"

"我乘机把他这件衣服换,跨上了青鬃马,趁着满天大
雪,一口气跑上威虎山。"杨子荣连说带比划地讲述着,座
山雕这帮匪徒全都跟在他的身后打转转。

听到这里,座山雕喜出望外,还有一点不敢相信地问
杨子荣:"老胡,这么说联络图在你手里?"

杨子荣看着座山雕那迫不及待的样子,微微地笑了笑,

☆杨子荣扫视了众匪徒一眼，又接着说："这个时候，我趁他醉得不省
人事，我就……""宰了他！"座山雕没等杨子荣说完就抢着喊道。
"不能啊！"杨子荣按住他的手臂，"我们是多年的老朋友啦！"座山雕
干笑着连忙改口："呵呵，对，对，对，友情为重，友情为重啊！老
胡，你说下去！"

接着从自己的身上小心地拿出那张联络图，在座山雕面前
轻轻地展开："崔旅长抬头请观看，宝图献到你面前。"

座山雕见到宝图心里非常高兴，只见他立即后退几步，
庄重地整理一下自己的衣服，拂了拂袖子，率领着"八大
金刚"及所有的匪徒趋步上前，毕恭毕敬地从杨子荣的手
里接过来联络图。座山雕一边看一边掩饰不住内心的惊喜
地说："联络图我为你朝思暮想，今日如愿遂心肠。"

看完联络图以后，他止不住地狂笑了起来。杨子荣站
在那里，看着这些土匪的样子，机警地观察着他们行为。

"八大金刚"看到座山雕这么高兴，当然他们的心里也
是非常高兴的，只见他们纷纷朝着杨子荣伸出了大拇指，
并夸奖道："老胡了不起！好汉子！"说完，也跟着哈哈大

☆"他有他的打算,我有我的主意。""你怎么着?"座山雕心急地问道。"我乘机把他这件衣服换,跨上了青鬃马,趁着满天大雪,一口气跑上威虎山。"杨子荣连说带比划地讲述着,座山雕这帮匪徒全跟在他身后打转转。

☆听到此时,座山雕喜出望外,还有点不敢相信地问杨子荣:"老胡,这么说,联络图在你手里?"杨子荣笑着从身上拿出联络图,在座山雕面前展开:"崔旅长抬头请观看,宝图献到你面前。"

笑了起来。

杨子荣在一旁很镇定，看到他们对自己竖起大拇指的样子，心里窃喜，这些穷凶极恶的土匪，你们的末日快要到了。随后杨子荣在一旁一语双关地说道："崔旅长，联络图一到手，这牡丹江一带可都是我们的啦！"

听了杨子荣的话，本来从看到宝图开始就心情大好的座山雕和所有的匪徒这下可是更加高兴了。

座山雕此时狂妄地说："对，对，对，老胡说得对。等国军一到，我就是司令。你们都弄个师长、旅长干干。"

"八大金刚"看着得意洋洋的座山雕奉承地说道："全仗三爷！"说完，他们又兴奋地哈哈大笑了起来。

杨子荣并没有把这些看在眼里，他听了座山雕给"八大金刚"的许诺之后，一阵冷笑。

☆座山雕见图狂喜，立即后退几步，庄重地整衣拂袖，率"八大金刚"及众匪徒趋步上前，毕恭毕敬地从杨子荣手里接过联络图，边看边说："联络图我为你朝思暮想，今日如愿遂心肠。"他止不住地狂笑起来。杨子荣在一旁语意双关地说道："联络图一到手，这牡丹江一带可都是我们的啦！"

☆"对对对，老胡说得对。等国军一到，我就是司令。你们都弄个师长、旅长干干。"座山雕狂妄地说。杨子荣听了一阵冷笑。座山雕马上封杨子荣为威虎山老九，又委任为"滨绥图佳保安第五旅"上校团副。座山雕举起酒碗，率领众匪徒为杨子荣庆功，叫嚷着："献图有功，劳苦功高！"

座山雕这才从自己的兴奋中感到自己这样做对杨子荣来说是不公平的，只见他看着杨子荣马上改口说道："老胡，你给威虎山立了一个大功，我封你为威虎山老九。"

杨子荣听了之后，觉得这样还算可以，也没有再说什么，看了看座山雕说道："谢三爷。"

座山雕看着杨子荣接着说道："咱们是国军，总得有个官衔呀！"说完座山雕稍微停顿了一下，稍做了一下思考，接着说道，"我委任你为'滨绥图佳保安第五旅'上校团副。"

杨子荣听了之后，赶紧拱手对着座山雕说："谢三爷提拔。"

杨子荣一转身，来到台阶上，对着所有的土匪谦恭地说："今后全靠各位老大多多包涵！"

"八大金刚"纷纷点点头，爽快地说："好说，好说。"

☆杨子荣端起酒碗，豪情满怀："今日痛饮庆功酒，壮志未酬誓不休。来日方长显身手，甘洒热血写春秋。"杨子荣将酒一饮而尽，发出一阵雄壮的震撼天地的笑声。

匪参谋长兴奋地大声地喊道："拿酒来！"

"八大金刚"也大声地喊道："拿酒，拿酒！"

厅外的小匪赶紧端着酒跑了进来。匪参谋长端起来酒碗，大声地说道："大家干一碗，祝贺老九荣升！"

"八大金刚"也跟着端起来酒碗，对着杨子荣大声地喊道："祝贺九爷荣升！"座山雕也举起酒碗，率领所有匪徒为杨子荣庆功，叫嚷道："老九献图有功，劳苦功高！"

杨子荣也端起了酒碗，豪情满怀："今日痛饮庆功酒，壮志未酬誓不休。来日方长显身手，甘洒热血写春秋。"

所有的土匪齐声喊道："干，干！"

杨子荣这时居高临下，带着胜利的微笑，将酒一饮而尽，随后发出一阵雄壮的震撼天地的笑声。

座山雕、匪副官长侧目窥视着杨子荣，看样子他们是对杨子荣还有所怀疑呢。

第七章
发动群众

在夹皮沟，尽管已经是中午的时候，屋子的外面是风雪交加，寒风凛冽，非常地寒冷。此时在李勇奇家中，李勇奇的母亲悲愤成疾。就在很短的时间里，她就失去了两位亲人，而且现在他的儿子也被匪徒给带走了，也不知道会是个什么结果。

李勇奇的母亲非常惦念自己的儿子，在家独自掉着眼泪："病缠身粮食尽呼儿不应，咱穷人血泪仇何日能平！"

正在这时，同村的张大山走进了他们家的院子，张大山站在门口叫道："大娘，大娘……"门没有关，张大山顺手推门就进了屋。

李勇奇的母亲听到有人喊自己，赶紧用袖子将自己眼角的泪水拭去，见有人进来，抬头一看，说道："噢，是大山哪！"

张大山看到李勇奇的母亲一个人坐在那儿，就知道她是在悄悄地伤心呢，上前关切地问道："大娘，今儿个您感觉怎么样啊？您的病好点了吧？"

李勇奇的母亲摇摇头说："早晨起来头更晕了。"

张大山接着说道："大娘，这点高粱糠……"说着将手里端着的高粱糠递到了李勇奇的母亲的面前。

李勇奇的母亲看到张大山又送来吃的，她知道张大山的家里本来也不宽裕，就感激地说道："大山，你又……"

没等李勇奇的母亲把话说完，张大山赶紧安慰道："大娘，勇奇不在，还有我们大家呢！"说着张大山就开始给李勇奇的母亲烧起水来。

李勇奇的母亲从炕上下来，端着张大山送来的高粱糠，无比感激地进了里屋。

正在此时，只见李勇奇额头上带着伤痕，棉衣破烂，露出了里面的白棉花，气喘吁吁地跑了过来，来到家门口，他看看四下里没有人，推门进了屋。

☆夹皮沟，李勇奇家。屋外风雪交加，李勇奇的母亲悲愤成疾，独自在家惦念儿子："病缠身粮食尽呼儿不应，咱穷人血泪仇何日能平！"同村的张大山给她送来高粱糠，关心她的病，安慰她："大娘，勇奇不在，还有我们大家呢！"

张大山看到推门进来的李勇奇，惊奇地喊道："勇奇！"

李勇奇看到张大山在帮着烧火，看着他感激地喊道："大山！"

李勇奇的母亲从里屋里出来了，看到自己的儿子回来了，她惊喜交集，上前拉出儿子的手，说道："难道说与孩

儿相逢在梦境，你这样浑身伤痕叫娘怎不心疼。"

李勇奇也紧紧地握住母亲的手，看到母亲为自己担心的眼神，深情地喊道："娘。"

李勇奇的母亲接着问："你怎样离虎口逃脱性命？"

李勇奇告诉母亲："我是从后山跳悬崖险路脱身。"

☆此时，李勇奇突然跑回家来。李母惊喜交集："难道说与孩儿相逢在梦境，你这样浑身伤痕叫娘怎不心疼！你怎样离虎口逃脱性命？"李勇奇告诉她："从后山跳悬崖险路脱身。"李母见到儿子，想念起死去的亲人："母子们得重逢悲喜交并，越是喜越想念儿媳孙孙！"

李勇奇的母亲见到儿子，想念起死去的亲人："母子们得重逢悲喜交并，越是喜越想念儿媳和孙孙！"

母亲的话更激起了李勇奇心中的仇恨，他无比愤恨地说："多少仇来多少恨，桩桩件件记在心。满腔仇恨化烈火，来日奋力杀仇人！"

正在这时，门外突然传来喧嚷声，有群众大声地喊道：

☆母亲的话更激起李勇奇心中的仇恨，他无比愤恨地说："多少仇
来多少恨，桩桩件件记在心。满腔仇恨化烈火，来日奋力杀仇
人！"

☆门外突然传来喧嚷声："大兵进村喽！""老乡别走，我们是自己人！"
张大山一惊："啊，座山雕又来了？""追我来了？"李勇奇判断着。
张大山："你快躲躲，我去看看。"说完就拔出匕首，冲出门去。

"大兵进村喽！"

"快走，快走！"还听到有人在喊着："老乡别走！我们是自己人！"

正在李勇奇家的张大山，听到外面的喊声，惊讶地说："啊，难道是座山雕又来了？"

李勇奇在心里暗自盘算着："可能是他派人追我来了！"

张大山看着李勇奇，也是非常担心是座山雕又来追了，赶紧说："你快躲一躲，我出去看看。"说完，张大山赶紧从身上拔出了匕首，冲出门去了。李勇奇的母亲赶紧去把门给关上了。

李勇奇也要冲出去拼命，母亲急忙拦住他："孩子，你还是赶快躲躲吧！"

李勇奇怒气冲冲地说："躲？娘，往哪儿躲呀？"

正在这时，钟志诚和吕宏业一路来到了李勇奇家的门外。

李勇奇还是想出去，跟母亲决绝地说："现在咱们穷人就是没有活路啊。我反正豁出去了！今天是拼一个够本，拼俩赚一个！"

李勇奇的母亲看着儿子，担心地说："勇奇，你……"

此时，在李勇奇家门口观察了一阵的吕宏业开始敲门，并问："屋里有老乡吗？"

李勇奇以为是土匪找到了这里，气忿难平地回答："有！人还没有死绝哪！"

李勇奇说完大步走到门口，猛地把门打开。李勇奇的母亲急急忙忙上前去拦住儿子，但是也没有拦住。

钟志诚和吕宏业见门打开了，就走了进来。

李勇奇见有两个陌生人进屋了，赶紧回转身护住了自己的母亲。

钟志诚和吕宏业见李勇奇护住自己的母亲，敌视地看着自己，就知道这是对自己有怀疑。

吕宏业上前，看着李勇奇亲切地叫道："老乡！"

钟志诚看着李勇奇的母亲也亲切地叫道："大娘！"

吕宏业接着说道："大娘，别害怕，我们是……"

☆李勇奇也要冲出去拼命，母亲急忙拦住他说："孩子，你还是躲躲吧！"
李勇奇说："躲？娘，往哪儿躲呀？我反正豁出去了！今天是拼一个够
本，拼俩赚一个！"门外有人敲门问："屋里有老乡吗？"李勇奇气忿难
平地回答："有！人还没死绝哪！"

李勇奇看着他们俩没有好气地说道："少啰嗦！"

吕宏业看着李勇奇亲切地说道："老乡，我们是中国人
民解放军！"

李勇奇打量着对方，十分不相信地说道："哼！这号
'军'，那号'军'，我们见得多啦，谁知道你们是什么军
呐！想怎么着，就直说吧！要钱，没有！要粮，早被你们
抢光了！要命……"李勇奇说着就想要举起拳头。

李勇奇的母亲急忙上前拦住儿子："勇奇！"

钟志诚也亲切地说："老乡，我们是工农子弟兵，是保护老百姓的！"

李勇奇还是没有好气地说："说得倒是好听！"

☆李勇奇猛地把门打开。钟志城和吕宏业走了进来，亲切地说："老乡，我们是中国人民解放军！""哼！这号军，那号军，我见得多啦，谁知道你们是什么军！想怎么着，就直说吧！要钱，没有！要粮，早被你们抢光啦！要命……""我们是工农子弟兵，是保护老百姓的！""说得好听！"李勇奇一味顶撞，李母拦阻不住，急得晕了过去。

李勇奇一味地顶撞，李勇奇的母亲劝也劝不住，急得晕了过去。

见母亲晕了过去，李勇奇焦急地喊道："娘！"

看到这样的情况，吕宏业对钟志诚说道："大娘有病？我们找人看看吧。"钟志诚点点头，说道："好！"

李勇奇根本就不相信吕宏业的话，气呼呼地说："得了吧！"说着，他挽着母亲向里屋去了。

吕宏业示意钟志诚出门去找医生，随后俩人一起出了门。刚出门，正好碰到了参谋长和小郭也过来了。

钟志诚看到参谋长连忙叫道："参谋长。"

参谋长问："怎么样？情况怎么样？"

吕宏业说："这家有个老大娘病了！我们正打算去找医生呢。"

参谋长说："哦，快把卫生员叫来，让她带点粮食来！"

吕宏业点点头说："我这就去！"

钟志诚看着参谋长急躁地说："这儿的群众工作真难做呀！"

参谋长看着钟志诚耐心地说："夹皮沟的老乡对我们不

☆吕宏业和钟志城见大娘有病，急忙出来找医生。参谋长得知情况后马上吩咐，快把卫生员叫来，并让她带点粮食来。"嗐，这儿的群众工作真难做！"钟志城急躁地说。参谋长耐心地给他讲当地群众上过土匪的当，要关心群众的疾苦，严格执行三大纪律、八项注意，以实际行动打开局面。钟志城不好意思地笑着说："我明白。"

了解，他们上过土匪的当，你忘了，野狼嗥不是还冒充过咱们的侦察员吗?"

钟志诚觉得参谋长的话很有道理，自己不但在这方面没有多大的经验，而且还耐心不够。他点点头说:"是啊。"

参谋长接着说:"小钟，我们不发动群众，就不能站稳脚跟，就不能消灭座山雕;我们不把土匪打垮，群众也不能真正发动起来。"

听了参谋长的解释，钟志诚不好意思地笑着说道:"我明白。"

参谋长看着钟志诚接着说:"你去告诉大家，我们要关心群众的疾苦，耐心宣传党的政策，严格执行三大纪律，八项注意，以实际行动打开局面!"

钟志诚听完参谋长的吩咐，说道:"是。"说完转身想要走。参谋长又跟他说:"小钟，你顺便打听一下，看看猎户老常来了没有。"

钟志诚答道:"是。"

卫生员拿着粮食赶过来了。进了院子，看到参谋长，卫生员赶紧问道:"参谋长，病人呢?"

参谋长说:"病人就在这家。"说着，他给卫生员指了一下李勇奇家的屋子。

卫生员赶紧来到李勇奇家的门前，喊道:"老乡!"

参谋长也跟着过来了，对着屋里说道:"老乡，我们的医生来了。快开门吧!"

李勇奇举着一把匕首，怒冲冲地从里屋奔了出来。

李勇奇的母亲追出来劝阻道:"勇奇，你可别……"

"怕什么? 有这个也能跟他们拼!"李勇奇说着把匕首猛扎在桌子上。

李勇奇的母亲看到儿子这样，顿时心中大惊，使出全身地力气喊道:"勇奇，我，我求求你……"李勇奇的母亲

又惊又急，又昏了过去。

李勇奇见母亲又要晕过去了，赶紧上前扶住母亲，急得连声叫道："娘！娘！"

参谋长听到里面的声音，知道肯定是李勇奇的母亲又是晕过去了。他用力把门推开，和卫生员及几个战士同时闯了进来。

☆卫生员拿着粮袋来了，参谋长和她走到李勇奇家门前叫门："老乡，我们的医生来了。快开门吧！"李勇奇举着一把匕首，怒冲冲地从里屋奔了出来。李母追出来劝阻他："勇奇，你可别……""怕什么？有这个也能跟他们拼！"李勇奇说着把匕首猛扎在桌子上。

李勇奇护着母亲，见参谋长带领着人进来了，对参谋长怒目而视。

参谋长顾不得李勇奇对自己的质疑，进屋看到李勇奇抱着的母亲，大声地喊道："赶快急救！"

卫生员答道："是！"

参谋长迅速脱下大衣给母亲披上。

李勇奇看到这一切，不由得一愣。

参谋长他们又帮着李勇奇将母亲扶进里屋休息。

☆李母又惊又急，又昏了过去，李勇奇急得连声叫："娘！娘！"参谋长闻声带领卫生员和几个战士推门进来，一面吩咐卫生员赶快急救，一面脱下大衣，给李母披上。李勇奇看到这一切，不由一愣。参谋长他们又帮着李勇奇将李母扶进里屋休息。

里屋里，卫生员认真地给李勇奇的母亲诊脉，治病。

参谋长把干粮袋内的一部分粮食倒进了锅里，开始熬粥。

过了一会儿，李勇奇从里屋出来，参谋长走进了里屋。

李勇奇发现了参谋长已经在锅里熬好的热粥，心里感动万分。他沉思着，从一开始到现在这些人的一举一动确实和那些土匪有很大的差别，难道自己的感觉是不对的，难道是自己判断错了？李勇奇开始对自己的感觉和判断产生了质疑，想到这儿，他自言自语道："中国人民解放军？这些兵急人难治病救命，又虚寒又问暖和气可亲。自古来兵匪一家欺压百姓，今日事却叫人难消疑云！真是我们盼望的救星来了吗？"

☆过了一会，李勇奇从里屋出来，发现了参谋长已经在锅里熬好的热粥，感动万分。他沉思着，自言自语道："中国人民解放军？这些兵急人难治病救命，又嘘寒又问暖和气可亲。自古来兵匪一家欺压百姓，今日事却叫人难消疑云！真是我们盼望的救星来了吗？"

就在此时，李勇奇的母亲在里屋喊道："水！"

李勇奇听到了里屋的母亲在要水喝，赶紧给母亲舀粥汤。

小郭从里屋里走出来，接过李勇奇手上刚盛好的汤，又进去了。

参谋长从里屋出来了，看了看李勇奇说："老乡，大娘醒过来了，你放心吧，啊！"

126

　　李勇奇这才感觉有点不好意思，一时语塞，说不出话来。

　　参谋长看出了李勇奇的尴尬，接着问："老乡，你叫什么名字？"

　　李勇奇答道："我叫李勇奇。"

　　参谋长接着问："不是本地人吧？"

　　李勇奇接着告诉他："老家是山东。当年我爹在济南做工，'四·一二'政变以后，有一次闹罢工，被蒋介石杀害了……"

　　参谋长听了愤怒地说道："咳……"参谋长又亲切地问："那你怎么到这儿来了？"

☆此时，参谋长从里屋出来，告诉李勇奇："老乡，大娘醒过来了，你放心吧！"接着，他又亲切地询问李勇奇的身世。李勇奇告诉他："老家是山东。当年我爹在济南做工，'四·一二'政变以后，有一次闹罢工，被蒋介石杀害了……我爹死后，我娘带着我闯关东来了。"

李勇奇接着说:"我爹死后,我娘带着我闯关东来了。"

参谋长接着问道:"你是干什么活儿的?"

李勇奇说:"我当过铁路工人。"

当参谋长得知李勇奇是铁路工人时,异常兴奋地说:"好哇,那更是自己人了!"

听到这儿,李勇奇也迷糊了,只见他上下打量着参谋长,问道:"你们到底是什么队伍?到深山老林干什么来了?"

☆当参谋长得知李勇奇是铁路工人时,异常兴奋地说:"好哇,那更是自己人了!"李勇奇上下打量着参谋长,问道:"你们到底是什么队伍?到深山老林干什么来了?"参谋长回答说:"老乡!我们是工农子弟兵来到深山,要消灭反动派,改地换天。"

参谋长看着李勇奇,亲切地说:"老乡!我们是工农子弟兵来到深山,要消灭反动派,改地换天。"

"几十年闹革命南北转战,共产党、毛主席指引着我们

向前。一颗红星头上戴，革命的红旗挂两边。红旗指处乌
云散，解放区人民斗倒地主把身翻。人民的军队与人民共
患难，到这里为的是扫平威虎山！"参谋长激情洋溢地
说道。

☆"几十年闹革命南北转战，共产党、毛主席指引我们向前。一颗红星头上
戴，革命的红旗挂两边。红旗指处乌云散，解放区人民斗倒地主把身翻。
人民的军队与人民共患难，到这里为的是扫平威虎山！"参谋长激情洋
溢地说道。

听到参谋长的这些话，李勇奇像春雷爆发般地倾吐着
内心的感情，只见他异常激动地说道："早也盼晚也盼望穿
双眼，怎知道今日里打土匪、进深山、救穷人、脱苦难，
自己的队伍来到面前！"李勇奇真挚地自责说，"亲人哪！
我不该青红不分皂白不辨，我不该将亲人当仇敌——羞愧
难言！"

李勇奇走到桌子旁，将扎在桌子上的匕首按倒，悲愤

☆听到这些话，李勇奇异常激动："早也盼晚也盼望穿双眼，怎知道今日里打土匪，进深山，救穷人，脱苦难，自己的队伍来到面前！"李勇奇真挚地自责说，"亲人哪！我不该青红不分皂白不辨，我不该将亲人当仇敌——羞愧难言！"

地控诉着："三十年做牛马天日不见，抚着这条条伤痕、处处疮疤，我强压怒火，挣扎在无底深渊。乡亲们悲愤难诉仇和怨，乡亲们切齿怒向威虎山。"

"只说是苦岁月无边无岸，谁料想铁树开花，枯枝发芽竟在今天！"李勇奇激昂地向参谋长表示决心，"从此我跟定共产党把虎狼斩，不管是水里走、火里钻，粉身碎骨也心甘！纵有千难与万险，扫平那威虎山我一马当先！"

正在这时，吕宏业在不远处喊道："参谋长！"吕宏业来到参谋长的面前，高兴地说："参谋长，老乡们都看你来啦！"不一会儿，乡亲们都涌到这里。

卫生员扶着李勇奇的母亲也从内屋里出来了。一位群

☆李勇奇走到桌旁，将扎在桌上的匕首按倒，悲愤地控诉着："三十
年做牛马天日不见，抚着这条条伤痕、处处疮疤，我强压怒火，挣
扎在无底深渊。乡亲们悲愤难诉仇和怨，乡亲们切齿怒向威虎山。"

☆"只说是苦岁月无边无岸，谁料想铁树开花，枯枝发芽竟在今
天！"李勇奇激昂地向参谋长表示决心，"从此我跟定共产党把
虎狼斩，不管是水里走、火里钻，粉身碎骨也心甘！纵有千难
与万险，扫平那威虎山我一马当先！"

众看着战士们叫道："长官……"

战士们听到群众这样称呼自己，微笑着说："老大爷，我们不兴叫长官，叫首长。"

参谋长则紧接着战士的话说："叫同志。"

钟志诚指着老常给参谋长介绍："参谋长，这就是老常。"

参谋长这时赶紧迎上前去，紧紧握住了常猎户的手，微笑着说："哦，老常，打山里来的？"

常猎户点点头说："山洼里住不下去了，我们爷儿俩又投奔她大山叔这儿来啦。"

参谋长看着常宝说："好姑娘啊！"

李勇奇看到老常来了，就赶紧过来高兴地叫道："老常哥！"

常猎户感慨地说："勇奇，咱们可算是盼到救星啦！"

张大山来到参谋长的跟前，认真地说："首长，咱村里人人心头一团火，争着去打威虎山哪！"

听大家这么说，参谋长兴奋地告诉大家："乡亲们！咱中国人民解放军在前方打了大胜仗，牡丹江一带也解放啦！"

大家听到这样的好消息，非常高兴，使劲地鼓着掌，大声地喊："好！"

参谋长接着说："座山雕已经是穷途末路了，没有地方跑啦！"

李勇奇走上前，看着参谋长，恳切地说："首长，我们也要跟你们一起去打土匪，快发给我们枪吧！"李勇奇也说出了其他群众的心声，大家一起附和道："对，快发给我们枪吧！"乡亲们个个摩拳擦掌，纷纷上前要求去打土匪。

李勇奇接着又兴奋地说道："要是有了枪，夹皮沟哪一

☆这时，乡亲们都涌到这里，猎户老常父女也来到夹皮沟。参谋长兴奋地告诉大家，部队在前方打了大胜仗，牡丹江一带也解放啦！座山雕没处跑啦！乡亲们个个磨拳擦掌，要求给他们发枪打土匪。参谋长说："枪一定发给大家！不过，现在乡亲们身无御寒衣，家无隔夜粮，还能到深山老林里去打土匪吗？"

个也能对付他三俩的！"

乡亲们大声地喊道："对！"

参谋长听了乡亲们的要求，肯定地说道："枪一定会发给大家！不过，现在乡亲们身无御寒衣，家无隔夜粮，还能到深山老林里去打土匪吗？"

群众觉得参谋长分析得很有道理，大家你看看我，我看看你，一脸愁容地说："那怎么办呢？"

参谋长和乡亲们商量着："咱们夹皮沟药材遍地，木材如山，只要小火车一开动，不就能换回衣服粮食吗？"

乡亲们经参谋长这么一点拨，豁然开朗，纷纷点点头说："对呀！"

参谋长接着说："大家再把民兵组织起来，小火车一定能够通车，有吃有穿，打座山雕就更有劲啦！"

李勇奇听了参谋长的分析和建议，觉得这真是非常好的办法，显然有点迫不及待了，只见他上前，急切地问道："什么时候动手修铁路？"

参谋长也是个急性子的人，只见他情绪高涨地说道："说干就干，咱们一起动手。"

一位群众走过来，提醒道："首长，这可是个力气活呀！"

钟志诚说道："老大爷，我们这些人都是苦出身，扛起枪就能打仗，拿起家伙就能干活呀！"

☆参谋长和乡亲们商量说："夹皮沟药材遍地，木材如山，只要小火车一开动，不就能换回衣服粮食吗？大家再把民兵组织起来，小火车一定能够通车，有吃有穿，打座山雕就更有劲啦！"李勇奇紧紧握住参谋长的手说："好哇！首长！咱们真是一家人哪！"

李勇奇这时奔向了参谋长，情绪异常激动，紧紧握住参谋长的手，说道："好哇！首长！咱们真是一家人哪！"

大家群情激昂，李勇奇和乡亲们一起向参谋长和追剿队的战士们表示："山里人说话说了算，一片真心可对天！擒龙——"

群众接着李勇奇的话大声地说："跟你下大海。"

李勇奇接着又说道："打虎——"

群众接着说道："随你上高山。"

李勇奇接着又说道："春雷一声天地动！"李勇奇把腰里插着的匕首，取了下来，拿在手里，愤怒地喊道："座山雕哇！"

军民们斗志昂扬地齐声说："看你还能活几天！"

☆此时，群情激昂，李勇奇和乡亲们一起向参谋长和追剿队的战士们表示："山里人说话说了算，一片真心可对天！擒龙——跟你下大海，打虎——随你上高山。春雷一声天地动！座山雕哇！"军民们斗志昂扬地齐声喊道："看你还能活几天！"

拂晓，在威虎山山巅的一块地方，哨石耸立、地堡成群，远处是起伏的山峦，遍地是冰冻的积雪，在右方是通往山下的要路。

　　其实座山雕在心里对杨子荣还是有点怀疑的，但是他自己又说不出到底是那儿不对劲，他就派了自己的心腹匪

☆威虎山上，座山雕正向他的参谋长了解杨子荣的动向。"什么！你们连九群二十七地堡都让他看了？"座山雕直埋怨道，"这几天大局不妙，山下风紧……他单在这个时候来，我不得不防！"这时，匪副官长走来："三爷，照您的吩咐，都准备好了。"座山雕阴险地说："好，按昨儿晚上说的，给他个一针见血！"

参谋长时刻留意观察着杨子荣。

座山雕正向他的参谋长了解杨子荣的动向。座山雕瞅了瞅四周问："老九就常在这儿打拳吗？"

匪参谋长点点头，说道："是啊。"

座山雕接着问道："他还到哪儿去过？"

匪参谋长答道："五个山包都去转了转。"

座山雕听了之后，顿时绷紧了神经，惊讶地说："什么！你们连九群二十七地堡都让他看了？"

匪参谋长有一些无所谓地说："自己弟兄，给他开开眼嘛！"

☆威虎山巅，遍地冰雪，峭石耸立，地堡成群。杨子荣假作闲逛来到这里："劈荆棘战斗在敌人心脏！"

老奸巨猾的座山雕却不这么想，他还是担心地说："这几天大局不妙，山下风紧，野狼嗥一去不回，早先咱们谁也没有见过胡标，他单在这个时候来，我不得不防！"

正在这时，匪副官长走来，见到座山雕："三爷，照您的吩咐，都准备好了。"

　　座山雕听了之后，阴险地说道："好，按昨儿晚上说的，给他个一针见血！"

　　匪副官长听了座山雕的吩咐后，点点头答道："是。"说完，他按照座山雕的吩咐去执行去了。

　　突然，座山雕和匪参谋长有所发现，急急忙忙从左前方下去了。威虎山顶，遍地冰雪，处处耸立着峭石，这里还有座山雕打好的成群的地堡，像铜墙铁壁一样保护着威虎山。杨子荣来到这里之后，就悄悄地观察了地形，慢慢地也掌握着这里的一些情况。杨子荣假作闲逛的样子，来到这里，心里激情澎湃："劈荆棘战斗在敌人心脏！"

　☆"望远方，想战友，军民携手整装待发打豺狼，更激起我斗志昂扬！"杨子荣望着远方，思绪万千，"党对我寄托着无限希望，支委会上同志们语重心长。千叮咛万嘱咐给我力量，一颗颗火红心暖我胸膛。要大胆要谨慎切记心上，靠勇敢还要靠智谋高强。党的话句句是胜利保障，毛泽东思想永放光芒。"

"望远方，想战友，军民携手整装待发打豺狼，更激起我斗志昂扬！"杨子荣望着远方，思绪万千，"党对我寄托着无限希望，支委会上同志们语重心长。千叮咛万嘱咐给我力量，一颗颗火红的心暖我胸膛。要大胆要谨慎切记心上，靠勇敢还要靠智谋高强。党的话句句是胜利保障，毛泽东思想永放光芒。"

杨子荣机警地观察四周，心中暗想："威虎山果然是层层屏障，明碉堡暗地道处处设防。领导上拟智取部署得当，若强攻必招致重大伤亡。七天来摸敌情了如指掌，暗写就军事情报随身藏。趁拂晓送情报装作闲逛……"

☆杨子荣机警地观察四周，心中暗想："威虎山果然是层层屏障，明碉堡暗地道处处设防。领导上拟智取部署得当，若强攻必招致重大伤亡。七天来摸敌情了如指掌，暗写就军事情报随身藏。趁拂晓送情报装作闲逛……"

前方突然发现敌人的岗哨比往日增多了，杨子荣警惕起来："为什么忽然间增哨加岗——情况异常！这情报——这情报送不出，误战机、毁大计，对不起人民、对不起党，

☆突然发现敌人的岗哨比往日增加了，杨子荣警惕起来："为什么忽然间增哨加岗——情况异常！这情报——这情报送不出，误战机、毁大计，对不起人民、对不起党，除夕近万不能犹豫彷徨。"

☆杨子荣决心一定要把情报送出去："刀丛剑树也要闯，排除万难下山岗，山高不能把路挡，抗严寒化冰雪我胸有朝阳。"此时，天空霞光四射，一道晨光染红了哨石之尖。

除夕近万不能犹豫彷徨。"

　　杨子荣决心一定要把自己已经掌握的重要情报给送出去："刀丛剑树也要闯，排除万难下山岗，山高不能把路挡，抗严寒化冰雪我胸有朝阳。"此时，天空霞光四射，彩云万朵，一道晨光染红了峭石之尖。

　　突然，四周有土匪走动，还有人喊着："嗨，快走哇！""这不是来了嘛！"杨子荣听到喊声，警惕地把自己身上的大衣给脱了下来，以打拳作掩护。原来是两个小匪在巡逻，看到杨子荣，互相打了招呼。

　　两个小匪看到杨子荣客气地叫道："哦，九爷，早，早！"

☆四周有土匪走动，杨子荣脱下大衣，以打拳作掩护。"呼！呼！"突然传来枪声，有人嚷："共军来了！"杨子荣心中一动："什么！同志们来了？"他想了想，"不！参谋长接不到我的情报，在这个时候是不可能来的。"他侧耳细听，"枪声也不对！哼哼，又是试探！好，我给他个将计就计，把情报送出去。"

杨子荣也热情地招呼道："早，早!"招呼完，两个小匪都走了。

杨子荣把打拳的架势收了起来。"砰!砰!"突然传来两声枪声。

杨子荣也听到了，机警地喊道："枪声!"

远处有人喊道："冲啊!杀啊!"

在近处还有人喊道："共军来了!共军来了!"

这时枪声也越来越紧了，杨子荣心中不由得一动："什么!同志们来了?"

随即他又想了想，立即在心里重新判断了一下这件事："不!不会呀!参谋长接不到我的情报，在这个时候是不可能来的。"

正在这时，整个威虎山上的枪声更加紧了，喊杀声也更近了。

杨子荣侧耳细听，准确地判断道："枪声也不对!哼哼，又是试探!好，我给他个将计就计，把情报送出去。"

只见杨子荣借着远处的枪声，从容地从自己的身上把枪拔了出来，对着天空连着空放了几枪，向着左边站着的威虎山上的小土匪喊道："弟兄们!共军来了，给我出击!"

四个小土匪见杨子荣在喊他们，就畏畏缩缩地跑了出来，这时杨子荣对着他们喊道："快，冲!"

四个小匪嘴里嚷嚷着："冲啊!冲啊!"大喊着冲下山去。

座山雕和匪参谋长暗中过来了，这时匪副官长迎了上去。杨子荣挥着枪正要往山下冲，座山雕急急忙忙追了出来，一把拽住他，气喘吁吁地喊道："老九，老九，慢着。"

匪副官长也跟着叫喊道："别打啦!别打啦!"

小土匪也跟着喊道："啊!别打啦!"

☆杨子荣掏出手枪，对空打了几枪，喊道："弟兄们！共军来了，跟我出击！"几个小土匪畏畏缩缩地跑了出来，嚷嚷着冲下山去。杨子荣挥着枪正要往山下冲，座山雕急忙追出来，一把攥住他，气喘吁吁地喊："老九，老九，慢着。"匪副官长也跟着叫喊："别打啦！别打啦!"

杨子荣佯装作觉得很奇怪：为什么喊不让打了呢？只见他转身，一脸诧异地看着座山雕问道："怎么?"

座山雕看着杨子荣微笑着说道："嘿嘿，这是我布置的军事演习。"

杨子荣认真地说道："唉，要不是您拦得快，我这一梭子打出去，准得撂倒他几个。"

座山雕看着杨子荣那认真的样子，有些尴尬地呵呵笑了起来。

杨子荣故作不满地说道："三爷，您布置军事演习，怎么也不告诉我老九一声！您这是……"

座山雕见杨子荣对自己这样做提出了质疑，赶紧搪塞道："哎哎，老九啊，别多心呐。这场演习我谁也没有告诉，不信你问问他。"说着，他指了指匪副官长。

匪官长这时赶紧装腔作势地说道："呃，可不是吗，我也真当是共军来了呢。"

座山雕一听哈哈大笑了起来。

杨子荣一听，语带双关地说道："来了好啊，我这儿正等着他呢！"

座山雕夸赞杨子荣道："老九，你真行！"说完，又哈哈大笑了起来。

☆座山雕说："这是我布置的军事演习。"杨子荣故作不满地："三爷，您布置军事演习怎么也不告诉我老九一声！您这是……"座山雕连忙搪塞："哎哎，老九啊，别多心呐。这场演习我谁也没告诉。"其他人也帮腔掩饰。杨子荣语带双关地："来了好啊，我这儿正等着他呢！"座山雕夸赞杨子荣："老九，你真行！"

匪连长押着一个小匪从右边走过来了，一边走着边喊道："走，快走！"

一使劲，把小匪推倒在地上了。

匪连长看着座山雕说道："三爷，'溜子'在外头撞墙了！"

座山雕连忙问道："什么？"

小土匪吓得哆哆嗦嗦地说道："三爷，我们奉命下山，老远就看见小火车通了，还没进夹皮沟就撞上共军了！"

座山雕惊讶地问："夹皮沟？"

随后他有点不相信地问，"就回来你一个？"座山雕怒不可遏。

☆这时，匪连长押着一个小土匪跑来说："三爷，'溜子'在外头撞墙了！"小土匪哆哆嗦嗦地说："我们……还没进夹皮沟就撞上共军了！""夹皮沟？就回来你一个？"座山雕怒不可遏。匪副官长说："你八成是叫共军俘虏了放回来的吧？""你这个孬种！"座山雕掏枪就要枪毙小土匪，杨子荣抬手拦阻。

这时，匪副官长看着小土匪怒喝道："你八成叫共军俘虏了放回来的吧？"

小土匪赶紧解释道："没有！没有！没有！"

"你这个孬种！"座山雕掏枪就要枪毙小土匪，杨子荣连忙抬手拦阻。

杨子荣为小土匪说情，劝座山雕说："三爷，何必呢。他要是真叫共军给俘虏过，谅他也不敢跑回来。"

☆杨子荣为小土匪说情，劝座山雕说："三爷，何必呢。他要是真叫共军给俘虏过，谅他也不敢跑回来。"匪参谋长也在一旁说："是呀，谁都知道三爷最恨的，就是叫共军逮住过的人！"他边说边用脚踢那个小土匪，让他滚开。匪参谋长的话引起了杨子荣的注意。

匪参谋长也在一旁跟着说道："是呀，谁都知道三爷最恨的是叫共军逮住过的人！"

杨子荣趁机对那个小土匪怒喝道："还不快走，惹三爷生气。"

匪参谋长使劲地踢了那个小土匪一下，大声地喝道："滚！"

小土匪赶紧走到一边去了，边走边轻声地说道："咳，

还是九爷好哇!"小土匪就这样在杨子荣的劝阻下,捡回来一命。

匪参谋长对匪连长赶紧安排道:"吩咐下去,加紧防山。"

匪连长点点头,答道:"是。"说完,他就按照匪参谋长的命令去执行去了。

座山雕为在夹皮沟的失利沮丧叹气。

匪参谋长来到座山雕的跟前,小声地说道:"三爷,我马上派人下山一趟,抓他一把,庆贺百鸡宴。"

座山雕听了之后,点了点头,随后又提醒道:"嗯,这次可要特别小心!"

☆座山雕为在夹皮沟的失利沮丧叹气。匪参谋长提议派人下山捞一把,庆贺百鸡宴。杨子荣乘机说:"三爷!想咱们威虎山,要讲防御,是没说的了。可是咱们不能光等着人家来打咱们哪。现在咱们就演习追击,把兵练得棒棒的,等吃过百鸡宴,进攻夹皮沟!"座山雕高兴万分:"你真是好样的!老九,就派你率领弟兄们演习追击。"

匪参谋长答道："知道了。"

匪参谋长走了，杨子荣乘机说道："三爷，咱们威虎山，要讲防御，是没说的了。"

座山雕听了之后，自鸣得意地哈哈大笑了起来。

杨子荣接着说："可是咱们不能光等着人家来打咱们哪。"

座山雕一听，觉得杨子荣的话有道理，看着杨子荣问："对，依着你，我们该怎么办呢？"

杨子荣说："我建议，咱们要练好防御和反击。既然现在防御没有问题了，那现在咱们就演习追击。"

座山雕想了一下，点了点头说："嗯。"

杨子荣竖起了大拇指说："把兵练得棒棒的。"

☆杨子荣决定借着演习的机会，把他早就写好的情报按约定时间送下山去。他望着座山雕一伙远去的身影，轻蔑地骂道："这个笨蛋！座山雕愚而诈又施伎俩，反让我有机可乘下山岗。德华同志——取情报这重任落在你身上，等到那百鸡宴痛歼顽匪凯歌扬！"

座山雕很同意杨子荣的做法："你说得对。"

杨子荣接着说："等吃过百鸡宴，咱们就大举进攻夹皮沟！"

座山雕对杨子荣说的这个计划很是满意，只见他高兴万分，抓住杨子荣的手，说道："你真是好样的！老九，就派你率领弟兄们演习追击。"

杨子荣答道："是。"

座山雕安排完觉得这个计划很好，嘿嘿笑了起来。安排完任务，座山雕和匪副官长走了。

杨子荣决定借着演习的机会，把他早就写好的情报按约定时间送下山去。

杨子荣望着座山雕一伙远去的身影，轻蔑地骂道："这个笨蛋！座山雕愚而诈又施伎俩，反让我有机可乘下山岗。德华同志——取情报这重任落在你身上，等到那百鸡宴痛歼顽匪凯歌扬！"

第九章

急速出兵

除夕前的一天，阳光普照。夹皮沟呈现出一片翻身后的欢乐景象。

在李勇奇家门外的场坪上，木栅门上贴着红色的对联。

在火车汽笛的长鸣声中，夹皮沟的群众都在准备过节的东西。

只听见一个小女孩喊道："哎呀，小火车又开喽！"

☆除夕的前一天，阳光普照。这时的夹皮沟，呈现一片翻身后的欢乐景象。在军民的共同努力下，小火车运来了衣服、粮食，又满载着木材、药材、山货开走了。群众热情地挥手欢送。

　　所有的人都目送着火车远去，欢悦起来。是啊，在军民的共同努力下，小火车运来了衣服、粮食，又满载着木材、药材、山货开走了。群众热情地挥手欢送。

　　一个青年把帮李勇奇的母亲背的粮食放在李家门前。李勇奇的母亲看着分到的粮食，心里无限欢悦："军民一家心连心，欢腾景象满山村。瑞雪纷飞人欢笑，分衣分粮庆翻身。"

　　参谋长过来了，看到李勇奇的母亲，上前亲切地叫道："大娘！"

　　李勇奇的母亲上前也亲切地叫道："首长！"

　　参谋长看着李勇奇的母亲，关切地问："过年的东西都够了吗？"

☆李勇奇的母亲看着分到的粮食，心里无限欢悦："军民一家心连心，欢腾景象满山村。瑞雪纷飞人欢笑，分衣分粮庆翻身。"参谋长问她："过年的东西都够了吗？"李母开心地说："够啦，夹皮沟能过上这么个好年，可做梦也没想到哇！"参谋长说，好日子还在后头哪！李母由衷地说道："全托共产党、毛主席的福哇！"

李勇奇的母亲开心地说："够啦，皮夹沟能过上这么个好年，可做梦也没有想到哇！要不是你们来了啊，咳，这年还不知道怎么过哪！"

参谋长看着李勇奇的母亲，鼓励地说道："好日子还在后头哪！"

李勇奇的母亲把手摊开，由衷地说道："全托共产党、毛主席的福哇！"

参谋长背起李勇奇的母亲门前的粮袋，打算给她送进屋里去。不远处传来李勇奇带领民兵操练的声音。只听见李勇奇大声地喊道："一、二、三、四！"话音刚落，民兵们跟着大声地喊道："一、二、三、四！"李勇奇的母亲也听到了，赞叹地说道："真好啊！你听，民兵们劲头十足啊！就是留下守村子的民兵可有意见啦！特别是常宝，说什么也不愿意留下！"

参谋长笑着说："这姑娘啊……"

此时，又传来了民兵的喊声："杀杀杀！"

参谋长和李勇奇的母亲一边谈着一边朝着屋里走着。

此时，小常宝过来找参谋长。原来夹皮沟的民兵已经组织起来，正在为攻打威虎山做准备，参谋长照顾常宝年纪小，要她留下守村子，她就是不愿意。

练兵场上的操练声又起："目标正前方，杀！杀！杀！"常宝面朝民兵操练的方向，急得心如火燎："听那边练兵场杀声响亮，看他们斗志昂扬为剿匪练兵忙，急得我如同烈火燃胸膛！"

"杀豺狼讨血债日盼夜想，披星戴月满怀深仇磨刀擦枪。风雪里峻岭上狼窝虎穴我敢闯，为什么偏要留我守村庄？马上去找参谋长，再把心里的话儿讲。坚决要求上战场，誓把顽匪消灭光。"小常宝下定决心要去参战，斗志昂扬。

☆参谋长刚帮着李母把粮袋背进屋去，小常宝就到这里来找他。原来夹皮
沟的民兵已经组织起来，正在为攻打威虎山做准备，参谋长照顾常宝年
纪小，要她留下守村子，她不愿意。练兵场上传来阵阵刺杀声，常宝急
得心如火燎："听那边练兵场杀声响亮，看他们斗志昂为剿匪练兵忙，急
得我如同烈火燃胸膛！"

　　正好走到这儿，碰到了卫生员。卫生员看到了常宝喊
道："常宝。"

　　常宝上前拉住卫生员手说道："姐姐，你帮我说说呀！
走，咱们去找参谋长去！"

　　她拉着卫生员的手，正好看到参谋长从李家的屋子里
出来。李勇奇也过来了。

　　参谋长看着常宝和卫生员在那儿拉拉扯扯的，就问道：
"哎，你们俩在嘀咕什么呢？"

　　常宝看到参谋长赶紧说道："叔叔，您还是让我去吧！"

　　参谋长看了看常宝，认真地说："保卫村子也是咱民兵

☆"杀豺狼讨血债日盼夜想，披星戴月满怀深仇磨刀擦枪。风雪里峻岭上狼窝虎穴我敢闯，为什么偏要留我守村庄？马上去找参谋长，再把心里的话儿讲。坚决要求上战场，誓把顽匪消灭光。"小常宝下定决心要去参战，斗志高昂。

的责任哪！"

常宝坚决请求参战："哼，我恨透了座山雕了，非亲手砍了他不可。您要是不让我去，那……怎么行啊！"

参谋长接着说道："常宝，你还小啊！"

常宝一听，惊讶地说道："啊？还小哪？"

卫生员没有忘记常宝的请求，帮着常宝说："参谋长，常宝有阶级觉悟，滑雪滑得好，打枪打得准，还能帮助我照顾伤员，让她去吧！"

民兵队长李勇奇也帮着常宝说道："首长，这孩子苦大仇深，就让她去吧！"

参谋长看着民兵队长李勇奇问道："喔？你也这么想，

民兵队长？"

李勇奇点点头，说道："就这么着吧。"

参谋长笑着说："这么说，你们是一个心眼儿喽。好！就这样定了！"就这样，参谋长只好答应了常宝的参战请求。

☆常宝拉着卫生员帮她说情。在李勇奇家门口她们见到了参谋长，常宝坚决请求参战："我恨透了座山雕了，非亲手砍了他不可！"卫生员也帮着说："常宝有阶级觉悟，滑雪滑得好，打枪打得准，还能帮助我照顾伤员，让她去吧！"民兵队长李勇奇也说："这孩子苦大仇深，就让她去吧！"参谋长只好答应了。

常宝看到参谋长同意了，大声地喊道："是！"说完和卫生员一起欢蹦乱跳地走了。

常宝他们走后，李勇奇问参谋长："首长，把栾平、野狼嗥两个犯人押走了，看样子，马上要打威虎山了吧？"

参谋长笑道："怎么？着急啦？"

李勇奇看着参谋长，憨憨地笑了。

参谋长想了想，然后问："勇奇，你说走后山那条险路，按我们的滑雪速度，需要多长时间才能赶到？"

李勇奇回答道："走后山虽然比前山远八十，我看最多一天一夜。"

"好，你们民兵做好充分准备！"参谋长对作战计划更有信心了。

☆常宝她们走后，李勇奇问参谋长："首长，把栾平、野狼嗥两个犯人押走了，看样子，马上就要打威虎山了吧？"参谋长笑道："怎么？着急啦？"又问他，走后山险路上威虎山需要多少时间。李勇奇回答："走后山虽比前山远八十，我看最多一天一夜。""好，民兵做好充分准备！"参谋长对作战计划更有信心了。

李勇奇回答了一声"是"，就下去继续训练了。

李勇奇刚走，钟志诚和吕宏业就过来了。

吕宏业问："参谋长，咱们为什么这么老等着？同志们的滑雪速度已经达到了标准要求……"

钟志诚也跟着说："民兵也组织好了……"

吕宏业接着说："再说，上级又给我们派来了增援部队……"

钟志诚也说："我看，咱们赶快出发，保证能打胜！"

参谋长听了之后，说道："同志，在关键时刻要防止急躁情绪。"

参谋长心里清楚，备战工作已经完全做好，只等申德华取回杨子荣的情报。面对大家纷纷来问什么时候出发，参谋长劝他们："耐心待命——"他自己心中也很焦急，"我虽然劝他们，自己的心潮也难平。歼敌日期已迫近，申德华取情报不见回音。倘若是生变故我另有决定，百鸡宴

☆备战工作已完全做好，只等申德华取回杨子荣的情报。大家纷纷来问什么时候出发，参谋长劝他们："耐心待命——"他自己心中也很焦急，"我虽然劝他们，自己的心潮也难平。歼敌日期已迫近，申德华取情报不见回音。倘若是生变故我另有决定，百鸡宴好时机绝不变更。李勇奇提供后山有险径，出奇兵越险峰直捣威虎厅。"

好时机绝不变更。李勇奇提供后山有险径，出奇兵越险峰直捣威虎厅。"

正在这时，罗长江跑了过来。只见他一边跑着一边大声地喊道："参谋长，老申回来了！"

参谋长疾步迎上前去："德华同志！"

只见申德华脚步踉踉跄跄，气喘吁吁地把情报交给参谋长，问道："我没有耽误时间吧？"

参谋长接过来情报，用力扶住他，关切地说道："没有。快去休息！"罗长江赶紧扶着申德华下去休息去了。

☆正在此时，战士罗长江喊着跑来："参谋长，老申回来了！"参谋长疾步
迎上前去："德华同志！"申德华脚步踉跄，气喘吁吁地把情报交给参谋
长，问道："我没有耽误时间吧？"参谋长用力扶住他，关切地说："没
有。快去休息！"

参谋长急切地打开情报，仔细看着，大声地念道："……山后有险路，直通威虎厅……以松树明子为号……"

参谋长不等看完情报，就激动得情不自禁地喊了声："老杨，英雄啊！"

☆参谋长急切地打开情报，仔细看着，大声念道："……山后有险路，直通威虎厅……以松树明子为号……"参谋长不等看完情报，就激动得情不自禁地喊了声："老杨，英雄啊！"

天空渐渐转暗了，天色渐渐地黑了下来，开始下起了雪。突然，小郭大声急促地喊道："参谋长——"

只见小郭一边喊着一边就跑了过来，后面跟着张大山。李勇奇也在后面跟着跑了过来。

参谋长看到他们仨那紧紧张张的样子，就知道是出了大事，要不然也不会他们三个一起来，而且都是很着急的样子。

小郭来到参谋长跟前，气喘吁吁地说道："报告参谋长，小火车开到西叉河，桥梁被破坏，我们下车抢修，突然遭到土匪袭击，我们打退了敌人……"

参谋长听到这儿，立刻心中一惊，着急地问："那两个
犯人呢？"

小郭有点沮丧地说道："野狼嗥被流弹打死了。"

参谋长接着追问道："栾平呢？"

小郭遗憾地说："我们追击土匪，栾平他跑了！"

☆突然，有人大声急促地喊着："参谋长！——"参谋长感到情况紧急。原
来是押送野狼嗥和栾平的战士小郭跑回来了："报告参谋长，小火车开到
西叉河，桥梁被破坏，我们下车抢修，突然遭到土匪袭击，我们打退了
敌人……""那两个犯人呢？"参谋长着急地问。"野狼嗥被流弹打死。我
们追击土匪，栾平他跑了！"

"栾平他跑了？"参谋长听了以后大吃一惊，他立刻意
识到问题的严重性，他默默地说，"他要是跑上威虎山，必
然给杨子荣同志造成危险，破坏我们的剿匪计划！"

想到这儿，参谋长立即转身向小郭和李勇奇下达命令：
"紧急集合！"小郭和李勇奇答道："是！"说完就下去了，

按照参谋长的命令去执行了。顿时传来急促的敲击铁轨的声音。

参谋长对张大山交待说:"大山同志!保卫村子由你和老常负责。"

☆"栾平他跑了?"参谋长大吃一惊,"他要是跑上威虎山,必然给杨子荣同志造成危险,破坏我们的剿匪计划!"参谋长立即向小郭和李勇奇下达命令:"紧急集合!"顿时传来急促的敲击铁轨声。参谋长又对张大山交待说:"大山同志!保卫村子由你和老常负责。"

张大山说:"是。"

追剿队和民兵听到敲击铁轨的声音,迅速集合起来,汇成两列纵队。乡亲们也知道了发生了很大的事情,也都纷纷跑来,围在了队伍的四周。

参谋长这时作了紧急战斗动员:"同志们!情况突变任务紧,十万火急分秒必争。同志们整行装飞速前进!"

他登上高处,挥手命令:"出发!"

☆追剿队和民兵迅速集合起来，汇成两列纵队。乡亲们也纷纷跑来，围在队伍四周。参谋长作了紧急战斗动员："同志们！情况突变任务紧，十万火急分秒必争。同志们整行装飞速前进！"他登上高处，挥手命令："出发！"

☆夜晚，风雪弥漫，追剿队和民兵踏着滑雪板，疾驰前进。一路上，他们与风雪搏斗，走险路，攀悬崖，克服种种艰难险阻，直奔威虎厅。

　　夜晚，风雪弥漫。追剿队和民兵由李勇奇带领着路，只见他们每个人都是踏着滑雪板，迎风破雪，飞速前进。不一会儿的工夫，他们就很顺利地来到了山前，这些人开始把滑雪板脱掉。这时一个战士登山崖的时候，由于山崖太滑了，给滑下去了，另外两个战士看到了，赶紧手里握着绳索攀上，把滑下去的那个战士给拉上来。刚拉上来一个战士，这时又有一个战士滑下去了，另外两个战士又攀上，把战士给拉上来。到了山顶的战士，赶紧把绳索给抛下来，这时参谋长率领着战士们胜利地攀着绳子上去。到了下山的斜坡，战士们有的翻下，有的腾跃而下，急速地英勇前进。一路上，他们与风雪搏斗，走险路，攀悬崖，克服种种艰难险阻，直奔威虎厅。

第十章

会师百鸡宴

除夕之夜，威虎厅里正在忙着布置百鸡宴。

忽然，有人喊道："带溜子喽！"

一个小土匪押着栾平上来了。

栾平来到大厅，对着坐在上面的座山雕叫道："三爷！"

座山雕一听他的声音，立刻惊讶地喊了一声："栾平！"

栾平忙笑着答道："有。"

☆除夕之夜，威虎厅里正忙着布置百鸡宴。突然，栾平跑上威虎山来了，
他自称："我是给三爷拜寿来了。"座山雕阴沉着脸问栾平："哼！你打
哪儿来？"栾平支支吾吾地，半天才说："我……我从侯专员那儿来。"
座山雕冷笑一声："噢，从侯专员那儿来。请老九！"

座山雕接着又叫道："栾副官！"

　　栾平叫道："三爷！"

　　座山雕接着问道："你来干什么？"

　　栾平吞吞吐吐地说道："我……我是给三爷拜寿来了。"说完，他自己"嘿嘿"地笑了起来。

　　座山雕阴沉着脸问栾平："哼！你说，你从哪儿来呀？"

　　栾平知道座山雕最不容被俘虏过的人，所以并不敢说是逃出来的，只得支支吾吾地说："我……"

　　座山雕瞪着眼睛看着栾平说："嗯。"

　　栾平还是在支支吾吾着说不上话来。

　　"八大金刚"站在一旁也是一脸阴沉地大声吼道："说呀！快说！"

　　☆"有请九爷！"此时，杨子荣正忙着指挥布置百鸡宴，他身挂红色值勤带，威风凛凛地走了进来："三爷，一切都安排妥当啦。""老九，你看看谁来啦？"座山雕指着栾平说。突然看见栾平，杨子荣心中一惊，但他立即镇定下来。栾平见到杨子荣也吓得目瞪口呆。

— 172 —

栾平支吾了半天才结结巴巴地说道:"我说,我说⋯⋯
我⋯⋯从侯专员那儿来呀。"

座山雕听了栾平的回答,冷笑一声:"噢,从侯专员那
儿来。"

栾平点点头,答道:"是。"

座山雕接着说道:"请老九!"

听到座山雕的命令,这时小土匪大声地喊道:"是,有
请九爷。"

此时,杨子荣正在大厅里指挥着布置百鸡宴,只见他
身上挂着红色的值勤带,威风凛凛地走了进来。

杨子荣来到座山雕的不远处说道:"三爷,一切都安排
妥当啦。"

☆杨子荣知道土匪的规矩,尤其座山雕最恨被"共军"俘虏过的人;他也
非常了解栾平怕死,绝不敢说真话。杨子荣决定主动进攻,对着栾平拱
手抱拳,高声说道:"噢!栾大哥,你怎么上这儿来了?怎么样?这次
投奔侯专员得了个什么官?我胡标祝你高升!""胡标?"栾平愣住了,
盯着杨子荣看。

座山雕看着杨子荣指着栾平说道："老九，你看看谁来啦?"

突然见到栾平，杨子荣心中一惊，但他立即就镇定下来了。栾平见到杨子荣也吓得目瞪口呆。

杨子荣知道土匪的规矩，尤其是座山雕最恨被"共军"俘虏过的人；他也非常了解栾平的性格，知道栾平是个非常怕死的人，所以杨子荣判断此时的栾平是绝对不敢说真话的。经过全面的思考之后，杨子荣决定采取主动进攻，只见他对着栾平双手抱拳，高声说道："噢！栾大哥，你怎么上这儿来了？怎么样？这次投奔侯专员得了个什么官？我胡标祝你高升!"

听杨子荣说了这些，栾平完全茫然了。"胡标?"栾平愣住了，盯着杨子荣看。

八大金刚开始七嘴八舌地讽刺栾平说道："是呀，当上团长了吧?"他们说哈哈大笑地调侃着栾平。

座山雕这时也带着讽刺地问："侯专员给你个什么官啊?"

杨子荣始终以威严的目光注视着栾平。

栾平终于认出了这个"胡标"的真实面目，原来是杨子荣。

栾平止不住得意地奸笑起来："嘿嘿嘿，好一个胡标!你……你不是……"

杨子荣不等栾平把话讲完，就抢过话来说："我不是?是我的不是，还是你的不是？我胡标够朋友，讲义气！不像你姓栾的，当初我劝你投靠崔旅长，你硬拉我去投侯专员，这不能怪我不义气!"他步步紧逼栾平，"快回三爷的话，今儿你到这儿来，有何公干哪?"栾平被杨子荣的一席话追问得无言以对。

栾平想避开杨子荣，走到座山雕面前，说道："三爷，

☆座山雕和八大金刚七嘴八舌地讽刺栾平说："侯专员给你个什么
官啊？""当上团长了吧？"杨子荣始终以威严的目光注视着栾平。

☆栾平终于认出了杨子荣，止不住得意地奸笑起来："嘿嘿嘿，好
一个胡标！你……你不是……"

☆杨子荣不等他把话讲完，抢过话头："我不是？是我的不是，还是你的不是？我胡标够朋友，讲义气！不像你姓栾的，当初我劝你投奔崔旅长，你硬拉我去投侯专员，这不能怪我不义气！"他步步紧逼栾平，"快回三爷的话，今儿个你到这儿来，有何公干哪？"栾平被问得无言以对。

我是说……"

　　杨子荣紧紧抓住时机，丝毫不给栾平喘息的机会，厉声喝道："别扯淡！今天是三爷的五十大寿，没工夫听你说废话！"

　　座山雕听了杨子荣说栾平的这些，再加上之前听杨子荣说的栾平是怎么说自己的，他的心里本来就对栾平有了判断的，所以现在无论栾平说什么他都不会相信，甚至不愿意听栾平多说些什么。

　　座山雕不耐心地说："对，少说废话！我只问你干什么来了？"

　　栾平见自己现在根本就没有说话的机会，他心里也明

☆栾平想避开杨子荣，走到座山雕面前："三爷，我是说……"杨子荣紧紧抓住时机，丝毫不给栾平喘息的机会："别扯淡！今天是三爷的五十大寿，没工夫听你说废话！"

☆座山雕也不耐烦地说："对，少说废话！我只问你干什么来了？"栾平想了想，投其所好地回答："投靠三爷，改换门庭。"座山雕不屑地哼了一声。

白，一定是杨子荣先来到这里的时候给座山雕说过自己什么，要不然这些人也不会对自己这样的。栾平想了想，索性就不再多解释什么，就看着座山雕投其所好地说道："投靠三爷，改换门庭。"

座山雕听了之后不屑地"哼"了一声。

杨子荣毫不放松，紧逼着栾平。看到座山雕根本就不听栾平解释什么，杨子荣赶紧看着栾平追问道："你不是到侯专员那儿讨封去了吗？"

说得栾平手足无措，不知如何回答。

栾平看着座山雕想解释什么，但是一时语塞，竟然一句话也说不出来。只见杨子荣这时更加声色俱厉地说道："姓栾的，侯专员派你来干什么？快说实话吧！"

八大金刚也吵吵嚷嚷地催着栾平赶紧快点说实话。栾

☆杨子荣毫不放松，紧逼着栾平："你不是到侯专员那儿讨封去了吗？"说得栾平手足无措，不知如何答对。杨子荣更加声色俱厉地说道："姓栾的，侯专员派你来干什么？快说实话吧！"

平被杨子荣逼得无可奈何，只得咬咬牙说了实话："我不是从侯专员那儿来！"

☆八大金刚也吵吵嚷嚷地催着栾平快说实话。栾平被杨子荣逼得无可奈何，只得咬咬牙说了实话："我不是从侯专员那儿来！"

听了之后，匪参谋长讥讽地说："嘿，这小子刚才还说过，转眼就不认账，真不是个玩意儿！"

众匪徒听了之后也哄堂大笑起来，乱哄哄地喊着："真不是玩意儿！"

见大家根本就不给自己说出实情的机会，栾平急得四处乱转，匪徒们都在那儿嘲笑他，没有人理他。栾平看着现在的形势，不知道该怎么办才好。

终于，栾平声嘶力竭地喊道："别笑了！你们都中了奸计了！他不是胡标，他是共军！"座山雕听到栾平说的话，本来还以为是一句玩笑话，但是看到栾平脸上那一脸严肃的样子，突然觉得事情不大对劲，一下从座椅上站了起来。

☆匪参谋长讥讽地说："嘿，这小子刚才还说过，转眼不认账，真不是个玩意儿！"众匪徒哄堂大笑，乱哄哄地喊着："真不是玩意儿！"

☆栾平急得四处乱转，匪徒们都嘲笑他，没有人理他。终于栾平声嘶力竭地喊道："别笑了！你们都中了奸计了！他不是胡标，他是共军！"座山雕闻言一下从座椅上站了起来。众匪徒也都愣住了，慌忙掏出枪来对准杨子荣。

所有的刚才还在嘲笑着栾平的匪徒都愣在了那里，只见八
大金刚下意识地从腰间掏出了枪，不约而同地对准了杨
子荣。

"哈哈哈哈！"杨子荣禁不住敞怀大笑。说实话以杨子
荣的判断，觉得栾平不会说出自己的身份来，但是在这样
的情况下，栾平也许随时会说出实情，对于这一切，杨子
荣也已经做好了心理准备。杨子荣表现得很是坦然，对于
栾平的话他没有一点惊讶，镇定地说道："好！你说我是共
军，就算我是共军。现在，你当着三爷给各位老大的面儿，
就把我这个共军的来历谈一谈吧！"

☆"哈哈哈哈！"杨子荣敞怀大笑。他镇静地说："好！你说我是共军，就
算我是共军。现在，你当着三爷跟各位老大的面儿，就把我这个共军的
来历谈一谈吧！"

座山雕觉得杨子荣的话说得很有道理，就顺着杨子荣
的话说道："对，你说他不是胡标，是共军，你怎么跟他认

识的?"

"他……他……"栾平看看杨子荣,又看看座山雕,对
于杨子荣的问话,栾平确实不知道怎么回答,因为他也十
分清楚座山雕对于投靠"共军"的人是深恶痛绝的,只见
他还是在吞吞吐吐地说道,"他……他……"就是不敢再往
下说下去。栾平心里很清楚自己如果说出了自己被共军抓
过的话,自己的后果自然会是不堪设想的。

☆座山雕也追问栾平:"对,你说他不是胡标,是共军,你怎么跟他认识
的?""他……他……"栾平看看杨子荣,又看看座山雕,"他……
他……"就是不敢再往下说实话。

杨子荣看栾平还在犹豫,就知道他不敢说出自己被共
产党抓住过的事情。这时杨子荣上前对座山雕提醒道:"三
爷,姓栾的今儿个说话是吞吞吐吐,前言不搭后语,我看
他心里必有鬼胎!"

匪参谋长也觉得这个栾平这样支支吾吾地说话,实在
是太令人怀疑了,他接着杨子荣的话说道:"这小子,我看

八成儿是叫共军俘虏了，然后放出来的吧！"

栾平听匪参谋长这么说自己，赶紧紧张地回答道："没有，没有呀！"

杨子荣又看着栾平严肃地问："是共军把你放了？还是共军派你来的？"

八大金刚也看着栾平逼问道："说！"

栾平看着八大金刚这么阴狠地逼问自己，自己也不知道如何回答是好，只是支支吾吾地说道："我……"

可是栾平还是一句话也说不出来。匪副官长接着看着栾平逼问道："对！是不是共军派你来的？"

栾平还是吞吞吐吐地说道："我……"满脸的难为情，不知道怎么回答。

☆杨子荣提醒座山雕："三爷，姓栾的今儿个说话是吞吞吐吐，前言不搭后语，我看他心里必有鬼胎！"他又转头问栾平，"是共军把你放了？还是共军派你来的？"众匪徒也纷纷逼问。栾平瞠目结舌。杨子荣大声喝道："栾平！反复无常好阴险，吞吞吐吐定藏奸。踏破山门留脚印，要把共军引上山。"

八大金刚还在不停地逼问着："说！说！快说！"

面对众匪徒的纷纷逼问，栾平瞠目结舌。

杨子荣根据栾平这些表现，抓住了大好的机会，这时对座山雕分析道："三爷，咱们威虎山防守得严严实实，共军这才打不进来。这小子一来，是一定有鬼！"

栾平听杨子荣给座山雕这么做分析，对自己十分不利，赶紧分辩："没有！没有呀！"杨子荣这时对着栾平大声喝道："栾平！反复无常好阴险，吞吞吐吐定藏奸。踏破山门留脚印，要把共军引上山。"

杨子荣这时一步站到座山雕的宝座旁，对匪连长喊道："三连长！"

匪连长赶紧上前，有五个小土匪跟在匪连长的左右。

匪连长上前拱手答道："有！"

杨子荣这时对匪连长下命令道："加岗哨严密警戒，无令不准撤回还！"

座山雕对杨子荣这样的提议很是赞同，只见他马上表示："对，没有老九的命令不准撤岗！"

匪连长点点头，大声地答道："是！"说完，他就按着杨子荣的安排去执行去了。

八大金刚也对杨子荣的决定很是赞同，也纷纷点点头表示同意。

这时座山雕走下宝座，来到栾平的面前，抓起栾平，一把扔倒在地上，气哼哼地说道："你这条疯狗！前天你拉着老九去投侯专员，现在又来施离间计，还想着把共军给引进来。我岂能容你！"

栾平挣扎着从地上爬起来，指着杨子荣，斩钉截铁地说道："三爷，他不是胡标，他真是共军哪！"这时八大金刚和一些匪徒又把枪指向了杨子荣。

"姓栾的，你真狠毒！"杨子荣听了栾平说的话，从台

☆杨子荣一步站到座山雕的宝座旁，对匪连长下命令道："三连长
——加岗哨严密警戒，无令不准撤回还！"座山雕马上表示赞同
说："对，没有老九的命令不准撤岗！"

☆座山雕走下宝座，抓起栾平一把扔倒在地，气哼哼地说："你这
条疯狗！前者你拉着老九去投侯专员，现在又来施离间计，还想
把共军给引进来，我岂能容你！"

☆栾平挣扎着从地上爬起来，指着杨子荣，斩钉截铁地说："三爷，他不是胡标，他真是共军哪！"八大金刚和一些匪徒又把枪指向杨子荣。

☆"姓栾的，你真狠毒！"杨子荣一下冲到栾平面前，"你想借三爷的刀来杀我，我悔不该在白松湾喝酒的时候不一刀宰了你！"

阶上奔下来，一下冲到栾平的面前，非常气愤地说道，"你想借三爷的刀来杀我，我悔不该在白松湾喝酒的时候不一刀宰了你！"

八大金刚觉得栾平这样做确实不地道，纷纷支持杨子荣，点点头说道："对，对，对！"

杨子荣这时转向座山雕，假装带着委屈地说道："三爷，我胡标一向不受小人欺。今儿个为了您，才得罪了这条疯狗，他才这样穷凶极恶！您要是拿我当共军，就立刻把我处置了！您要是拿我当胡标，就放我下山，今天是有他没有我，有我没有他，留他留我，三爷，您随便吧！"说完杨子荣解下值勤带，非常生气地扔在了地上。

座山雕这时看看杨子荣，又看看栾平，一时也不知道

☆杨子荣转向座山雕："三爷，我胡标一向不受小人欺。今儿个为了您，才得罪了这条疯狗，他才这样穷凶极恶！您要是拿我当共军，就立刻把我处置了！您要是拿我当胡标，就放我下山，今天是有他没我，有我没他，留他留我，三爷，您随便吧！"说罢解下值勤带，扔在地上。

怎么决断。八大金刚面对这样的事情也没有办法了，也在犹疑不定。一些小土匪看到杨子荣真的生气了，因为之前杨子荣对他们都不错，所以他们心里不愿意让杨子荣就这样走了。他们低声地纷纷说道："九爷不能走！九爷不能走！"虽然小土匪的声音很小，但是就在那么大的大厅，座山雕听见还是很容易的。座山雕又朝杨子荣望去。

只见杨子荣傲然挺立，从容镇定。匪参谋长思考再三，走上前对座山雕建议道："三爷，老九不能走啊！"

见参谋长这么劝座山雕了，其他的土匪才敢大声说话，只见众土匪纷纷点着头，说道："对对对，老九不能走啊！老九不能走，不能走……"

那些根本就不敢提建议的众小匪顺着比他们官衔稍微大点的土匪说道："九爷不能走啊……"

八大金刚也在一旁一直建议座山雕："三爷，老九不能走啊！老九不能走啊！"

匪参谋长拾起杨子荣扔在地上的值勤带，递给座山雕。

座山雕笑着走向杨子荣："哈哈哈哈，老九，你怎么耍小孩子脾气？来来来，戴上，三爷不会亏待你。"

匪参谋长赶紧从座山雕的手里接过来值勤带，对着杨子荣说道："老九，戴上。"

说着来到杨子荣的面前，开始给杨子荣戴值勤带。

杨子荣见座山雕和八大金刚这么劝自己，还有小土匪也都纷纷给座山雕提建议让自己留下来，所以他也没有再争辩什么，也没有再推脱，顺着匪参谋长的意就把值勤带给戴上了。

栾平这时见情势又开始对自己不利了，他此时的心里非常气愤，刚刚情势稍微对自己有利一点，在这些土匪的建议下，座山雕对杨子荣的疑虑又消了。

栾平见这种情形十分不利，赶紧爬到座山雕的面前，

☆座山雕看看杨子荣，又看看栾平，一时无从决断。八大金刚也犹
疑不定。一些小土匪纷纷嚷道："九爷不能走！九爷不能走！"座
山雕又朝杨子荣望去。

☆杨子荣傲然挺立，从容镇定。只听见匪参谋长和八大金刚们在
说："三爷，老九不能走！老九不能走啊！"

☆匪参谋长拾起值勤带，递给座山雕。座山雕笑着走向杨子荣："哈哈哈哈，老九，你怎么耍小孩子脾气？来来来，戴上，三爷不会亏待你。"匪参谋长赶紧从座山雕手里接过值勤带，给杨子荣戴上。

☆栾平见此情势，惊惶四顾，四处哀求，但是无人理睬。他左思右想，终于横下一条心，还是去求救于杨子荣。

央求道："三爷……"

此时，座山雕根本就不理睬他了，只见他面对栾平的祈求感到非常气愤，拂袖而去："哼！"栾平见到这样的架势，惊恐地倒在地上。座山雕回到自己的座位上坐下了。

栾平现在看着座山雕又央求道："三爷！"座山雕视而不见地坐在那里，无动于衷。这时栾平又开始去求八大金刚，八大金刚也不搭理，纷纷愤怒地看着他。栾平又开始四处哀求其他的土匪，根本就没有人理睬他。这时他的面前是死路一条，只见他停下来，稳定了一下自己的情绪，细细思考了一下，终于横下了一条心，无奈地扑到杨子荣的脚下，开始求救于杨子荣。

只见栾平趴在杨子荣的脚下，颤悠悠地说道："胡……胡标贤弟！"杨子荣傲然挺立在那里，根本就对他不理不睬。所有的土匪都开始指责栾平，栾平一时成了众矢之的。只见栾平举起手来，伸开手掌，使劲地打在自己的脸上，对着威虎厅里的所有人忏悔道："我……我不是人，我该死。我不是人呐我！"

杨子荣见时机成熟，只见他对着大厅里高声喊道："时间已到，准备给三爷拜寿！"

众小匪也喊道："准备给三爷拜寿喽！"

匪参谋长接着说道："三爷五十大寿，可千万别让这条丧家犬给搅了。"

匪副官长愤怒地说道："不宰了这个丧门星，于山头不利！于九爷也不公啊！"

这时所有的土匪喊道："对，非宰了他不可！宰了他！宰了他！"

栾平开始向大家哀求道："各位老大，胡标贤弟，各位老大……"

栾平见没有人理睬自己，觉得自己还是去求座山雕吧。

只见栾平爬到座山雕的面前，跪在那里，对着座山雕哀求道："三爷……三爷！三爷饶命……"座山雕什么话都没有，仰面发出一阵狞笑。

☆栾平扑倒在杨子荣脚下："胡……胡标贤弟！"杨子荣不理，他又自打耳光，"我不是人，我该死……"杨子荣见时机成熟，高声喊道："时间已到，准备给三爷拜寿！"匪参谋长说："三爷五十大寿，可千万别让这条丧家犬给搅了。"众匪徒一齐叫着："宰了他！"栾平跪着连声哀求："三爷饶命呀！"座山雕发出一阵狞笑。

栾平知道座山雕只要发出狞笑，就是要杀人了，顿时他吓得魂飞魄散，不断地哀求着："啊！三爷饶命啊！"

座山雕一句话也没有说，只是摆了摆手。匪副官长已经领会了座山雕的意思。匪副官长喊道："架出去！""交给我啦！"杨子荣疾步冲上前去，一把将栾平摔倒。

栾平惊恐地看着杨子荣，哀求道："九爷，九爷饶命……"杨子荣把栾平架出来，栾平这时已经吓得瘫痪了。杨子荣痛快淋漓地宣判了栾平的死刑："为非作歹几十年，

☆栾平知道座山雕发出狞笑，就是要杀人了，他一下惊得魂飞魄
　散，不断哀求着："三爷饶命！"匪副官长下令："架出去！""交
　给我啦！"杨子荣疾步冲上前去，一把将栾平摔倒。

☆杨子荣痛快淋漓地宣判了栾平的死刑："为非作歹几十年，血债
　累累罪滔天。代表祖国处决你，要为人民报仇冤。"

☆杨子荣一把提起栾平，拖出威虎厅。他要亲手处决这个十恶不赦
　的匪徒。

☆杨子荣枪决栾平后，立即回到威虎厅，对座山雕说："三爷，一
　切都安排妥当了，现在该给你拜寿啦。"座山雕说："你是值日
　官，你就吩咐吧！"杨子荣高声喊道："厅里掌灯，山外点明子，
　给三爷拜寿！"

血债累累罪滔天。代表祖国处决你，要为人民报仇冤。"

杨子荣一把提起栾平，拖出威虎厅。他要亲手处决这个十恶不赦的匪徒。

杨子荣枪决栾平后，立即回到威虎厅，对座山雕说道："三爷，一切都安排妥当了，现在该给你拜寿啦。"

座山雕笑着说："老九，你是值日官，你就吩咐嘛！"

杨子荣看座山雕把这个权力给了自己，就没有再推脱，接着说道："好，弟兄们！"

匪连长喊道："有。"

杨子荣这时高声喊道："厅里掌灯，山外点明子，给三爷拜寿！"

匪连长说道："是。"说完就下去按照杨子荣的安排去办了。

众匪喊道："给三爷拜寿啦！"喊完，众匪开始给座山雕施礼拜寿。匪连长在外面安排完后又回到了大厅。

杨子荣登上木墩，站在高处，对着大厅内的土匪喊道："弟兄们，今儿个来个猛吃猛喝，一醉方休！"

土匪听了这样的话，心里是非常高兴的，大声地附和道："对对对，一醉方休！"

杨子荣对着座山雕说道："三爷，请入席。"

座山雕微笑着说道："唉，弟兄们请啊！"

杨子荣看着座山雕接着说道："今天是您的五十大寿，还是您先请。"

八大金刚很同意杨子荣的安排，赶紧对着座山雕说道："对，对！还是三爷先请。"

座山雕见大家对自己这么尊重，心里非常满意，只见他微笑着说："好，好，请，请！"随后是一连串座山雕得意忘形的大笑声。

众土匪微微低身，对着座山雕做了一个请的姿势，嘴里并说道："请！吃去，喝啊！"说完又是一阵开心的哈哈大笑声。

土匪都进了山洞了。杨子荣走下木墩，见匪连长走在自己的后面，叫道："三连长！"

匪连长答道："到！"

杨子荣接着说道："把放哨的弟兄们调回来，多喝几杯啊。"

匪连长答道："是。"说完，他就乐呵呵地出去叫去了。

☆"弟兄们，今儿个来个猛吃猛喝，一醉方休！"杨子荣大声招呼着，请座山雕入席，座山雕带领众匪徒进入洞里去了。匪连长走在后面，"三连长！"杨子荣把他叫住说，"把放哨的弟兄们调回来，多喝几杯啊。"匪连长乐得连忙奔出去。

杨子荣独自留在威虎厅里。他环顾着四周，掀起座山雕的座椅，看了看又谨慎地放好。这时土匪已经开始猜拳行令。杨子荣又登上高处望着山洞内外一片灯火，兴奋不已："除夕夜全山寨灯火一片，我已经将信号遍山点燃。按计划布置好百鸡宴，众匪徒吃醉酒乱作一团。"

"盼只盼同志们即刻出现，捣匪巢歼顽敌就在眼前。心焦急只觉得时光太慢，战友们却为何动静杳然。抑不住激动情出外察看——"这时众匪徒传来杂乱的猜拳行令声。杨子荣刚要出洞，又意识到座山雕座椅下的暗道必须严加把守："紧急中要冷静，我把住这暗道机关。"

☆杨子荣独自留在威虎厅里。他环顾四周，掀起座山雕的座椅，看了看又谨慎地放好。他登上高处望着山洞内外一片灯火，兴奋不已："除夕夜全山寨灯火一片，我已经将信号遍山点燃。按计划布置好百鸡宴，众匪徒吃醉酒乱作一团。"

不一会儿，座山雕、匪参谋长等醉步踉跄地出来了。座山雕看到杨子荣喊道："老九，老九，老九啊！你怎么不来入席呀？弟兄们都等着敬你两碗哪。"匪参谋长也醉醺醺地说道："是啊！"匪副官长也在跟着说道："是啊！"

杨子荣看着他们醉醺醺的样子，赶紧敷衍着说道："今天是您的五十大寿，应当敬您哪。来来来，给三爷满上，

☆"盼只盼同志们即刻出现，捣匪巢歼顽敌就在眼前。心焦急只觉得时光太慢，战友们却为何动静杳然。抑不住激动情出外察看——"杨子荣刚要出洞，又意识到座山雕座椅下的暗道必须严加把守，"紧急中要冷静，我把住这暗道机关。"

满上。"

座山雕醉醺醺地说道："来来来，满上，满上！老九，干干干！"

杨子荣端起酒杯，对着座山雕恭敬地说道："三爷，请！"众人都端起了酒杯，开始喝酒。

突然，外面枪声骤起。众匪徒惊慌地把酒碗扔在了地上。有解放军战士喊道："缴枪不杀！"

正在这时，八大金刚中的其中一位慌慌张张地跑进来，还有不少的小土匪跟在他的后面狼狈地跑了进来。

那位金刚说道："三爷，共军的机枪把威虎厅给封住了！"

☆不一会，座山雕、匪参谋长等醉步踉跄地出来喊道："老九，老九，老九啊！你怎么不来入席呀？弟兄们都等着敬你两碗哪！"杨子荣说："今天是您的五十大寿，应当敬您哪。来来来，满上，满上。"乘机又灌了座山雕一大碗。

"啊！"座山雕一听大惊失色，连忙指挥着匪徒，"弟兄们，快！往外冲！"众匪徒大声地喊道："冲，冲，冲！"

匪徒们还没有冲出去，追剿队的战士们已经冲进了威虎厅。座山雕拉着杨子荣说道："老九，你赶快跟我从这暗道里走吧！"说着就上前，来到了座位旁。

座山雕刚刚把座椅掀开，杨子荣一把将他推下台阶。杨子荣站在台阶上对着台阶下的座山雕说道："你走不了啦！"

有两位解放军战士上来了，对着座山雕喊道："不许动。"座山雕这时惊疑地看着杨子荣问道："你是……"

杨子荣气势轩昂地说道："我是中国人民解放军！"

☆突然，外面枪声骤起。一个匪徒跑来报告："三爷，共军的机枪把威虎厅给封住了！""啊！"座山雕大惊失色，连忙指挥匪徒，"弟兄们，快！往外冲！"

座山雕惊讶地喊道："啊！"一下子愣在了那里，等清醒过来，座山雕从腰间里掏出枪来，举枪射击杨子荣。

杨子荣腾空跃起，一脚将他的枪给踢飞了。座山雕、率领着匪徒逃进洞内，战士们立即追去。这时申德华率领着吕宏业、李勇奇、常宝、卫生员和战士们冲进了洞内。申德华看到杨子荣喊道："老杨！"

杨子荣这时掀开座山雕的座椅，告诉战友："同志们，这里是暗道。救出老乡，活捉座山雕！"他自己朝着座山雕逃去的方向紧追而去。申德华说道："同志们！冲啊！"

战士们和民兵嘴里大声地喊着："杀！"随后分开分别追击去了。申德华守住暗道。

八大金刚中的一位逃上来了，申德华猛喊杀声截住了。

☆匪徒们还没有冲出去，追剿队的战士们已经冲进了威虎厅。座山雕拉着杨子荣跟他从暗道逃走，他刚刚掀开座椅，杨子荣一把将他推下台阶："你走不了啦！"座山雕惊疑地看着杨子荣问："你是……"杨子荣气势轩昂地："我是中国人民解放军！"

　　申德华和匪金刚互相刺杀，匪金刚被刺中了。这时匪参谋长过来了，举枪就要朝着申德华射击，申德华躲过，结果把匪金刚给击毙了。申德华和匪参谋长继续搏斗中。罗长江过来了，将匪参谋长手中的枪一脚给踢掉了。

　　这时又过来两个匪金刚，加入了混战。申德华追着一个匪徒去了。匪参谋长这时掀开了座椅布，想从暗道里逃走。罗长江大声地喊道："不许动！"说着跃上了座椅。匪参谋长被吓倒在地上，罗长江继续和匪金刚进行着搏斗。匪参谋长手里拿着匕首猛地扑向椅子上的罗长江。罗长江敏捷地从椅子上一翻身落在了台阶下。双方继续搏斗。常宝开始追打另外的一个匪金刚。罗长江刺中了匪参谋长的

☆座山雕举枪欲击，杨子荣腾空跃起，一脚将他的枪踢飞。座山雕率匪徒逃进洞内，战士们立即追去。

☆杨子荣掀开座山雕的座椅，告诉战友："同志们，这是暗道。救出老乡，活捉座山雕！"他自己朝着座山雕逃去的方向紧追而去。

左臂，匪参谋长负伤逃跑了。洞内匪徒们乱撞乱窜。追剿
队战士奋勇刺杀。众匪徒被打得纷纷缴械投降。罗长江和
常宝继续与匪徒战斗，擒住两个土匪，喊道："走！"常宝
押着匪徒下去了。

☆ 洞内匪徒们乱撞乱窜。追剿队战士奋勇刺杀。众匪徒被打得纷纷缴械投
  降。小常宝追赶一个土匪来到大厅。她双手架枪，与众匪徒英勇搏斗，
  终于在战士的帮助下，生擒两个匪兵。

    李勇奇、卫生员、战士和民兵救出了被掳上山的群众。
罗长江示意李勇奇守住暗道，自己去别的地方了。

    李勇奇守住暗道。匪连长逃上来，遇到李勇奇，只听
见李勇奇喊道："杀！"将匪连长击毙了。这时有一个匪金
刚窜上来，被李勇奇抓起摔倒，被活捉了。李勇奇大喊道：
"不许动！走！"

    这时一战士押着两个土匪上来，李勇奇示意战士把守
住暗道，自己押着这几个土匪下去了。

　　李勇奇刚走，这时匪副官长率领着两个土匪上来了，被战士给冲散，激烈混战。杨子荣上来，二个小匪争着向暗道逃走，被杨子荣连发两枪击毙。

　　匪副官长逃了出去，战士们赶紧追上去了。杨子荣迅速地跃上台阶守住暗道。座山雕逃回了威虎厅，杨子荣紧追不舍。

　　座山雕挥舞大刀与杨子荣对峙，杨子荣翻手一枪，不料子弹没有了。座山雕得意忘形地狂笑一声。杨子荣倒握着手枪，蔑视地看着座山雕。

☆座山雕逃回威虎厅，杨子荣紧追不舍。座山雕挥舞大刀与杨子荣对峙，杨子荣翻手一枪，不料没有子弹了。座山雕得意忘形地狂笑一声。杨子荣倒握着手枪，蔑视地看着座山雕。

　　座山雕狂吼一声，举刀向杨子荣砍去。杨子荣机灵地一闪身，躲过了钢刀，顺手抓住座山雕的左臂，往里一拧；座山雕转身往下砍，右手又被杨子荣的左手按住。座山雕

☆座山雕狂吼一声，举刀向杨子荣砍去。

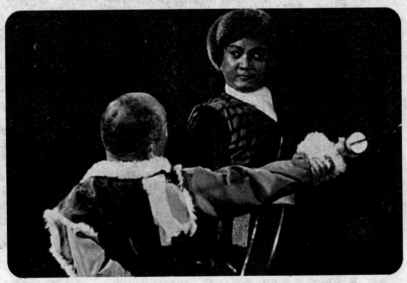

☆杨子荣机灵地一闪身，躲过钢刀，顺手抓住座山雕的左臂，往里
一拧；座山雕转身向下砍，右手又被杨子荣的左手按住。座山雕
用尽吃奶的力气，也挣扎不脱。杨子荣终于活捉了座山雕。

用尽吃奶的力气，也挣扎不脱。杨子荣终于活捉了座山雕。

匪副官长逃上来，举枪要向杨子荣射击；李勇奇赶上，将匪副官长手枪打落在地。杨子荣拾起手枪，连着击毙了几个土匪，然后将匪副官长击毙在座椅上。众匪被擒住了。

参谋长、申德华、李勇奇、卫生员、小郭等和众民兵先后聚到了威虎厅中。

愤怒的常宝想开枪刺杀座山雕，被卫生员劝阻了。

参谋长见到杨子荣，激动地喊起来："老杨！"

杨子荣也激动地喊道："参谋长！"

参谋长把李勇奇他们介绍给杨子荣。他们紧紧地握手，决心军民团结、英勇奋战谱新章。

☆参谋长和战士们来到威虎厅。参谋长见到杨子荣，激动地喊起来："老杨！"然后把李勇奇介绍给杨子荣。他们紧紧地握手，决心军民团结、英勇奋战谱新章。

大年初一的早晨，新春的阳光射进威虎厅。杨子荣和追剿队的战士及民兵们里应外合，全歼了威虎山的土匪，活捉了顽匪座山雕，胜利的喜悦在他们心头久久回荡。

☆大年初一的早晨，新春的阳光射进威虎厅。杨子荣和追剿队的战士及民兵们里应外合，全歼了威虎山上的土匪，活捉了顽匪座山雕，胜利的喜悦在他们心头久久回荡。

电影传奇

导演谢铁骊小传

　　谢铁骊，电影导演，国家有突出贡献电影艺术家。1925年生，江苏淮阴人。1940年入淮海军政干部学校学习。1942年加入中国共产党。曾任新四军文工团戏剧教员、第三野战军第三十军文工团团长。新中国成立后，历任北京电影学校表演系副主任，北京电影制片厂演员剧团副团长，北京电影制片厂副导演、导演，中国影协第二届常务理事、第三届副主席，中国文联第四届委员。是第五至八届全国人大常委，第七、八、九届全国人大教科文卫委员，中国电影家协会第六届理事会主席，中国夏衍电影学会会长，中国电影评论学会电视部高级顾问，《中国电影电视艺术家辞典》指导委员会主任委员，中国影视音像交流协会会长。执导多部电影作品，为中国第三代电影导演的代表人物。

　　谢铁骊15岁参军，加入了革命队伍，1950年跨进了电影界。他先是在电影局艺术处处长陈波儿倡导建立并任所长的表演艺术研究所（北京电影学院前身）当了3年教员。

从招生到给学生讲课，自己还要读书学习，大量观摩中外影片，尤其是苏联影片，谢铁骊过得十分充实。后来的 22 大电影明星中，庞学勤、李亚林、张圆都是从这里走出去的，著名反派演员安镇江就是谢铁骊的学生。

1953 年电影局演员剧团成立，田方担任团长，谢铁骊担任常务副团长。1956 年已经 34 岁的谢铁骊随着演员剧团的一部分人调入北京电影制片厂，先是做了两部电影的副导演，1959 年独立执导了第一部影片《无名岛》，从此一发不可收，一路走下来竟也有了《暴风骤雨》《早春二月》《海霞》《知音》《包氏父子》《红楼梦》《清水湾、淡水湾》《大河奔流》等 30 多部影片，为新中国电影画廊增添了光辉的篇章，有些成为不朽的经典之作，而且培养启蒙了一批演员。如今一些在影视话剧界大放异彩的优秀演员当年都是在谢铁骊的片子中完成了自己的处女作。

参与作品年表

《无名岛》 …………………………………… 1959 年

《暴风骤雨》 ………………………………… 1961 年

《早春二月》 ………………………………… 1963 年

《千万不要忘记》 …………………………… 1964 年

《智取威虎山》 ……………………………… 1970 年

《龙江颂》 …………………………………… 1972 年

《海港》 ……………………………………… 1972 年

《杜鹃山》 …………………………………… 1974 年

《大河奔流》 ………………………………… 1978 年

《今夜星光灿烂》 …………………………… 1980 年

《知音》 ……………………………………… 1981 年

《清水湾，淡水湾》 ………………………… 1984 年

《红楼梦》 …………………………… 1988 年

《古墓荒斋》 …………………………… 1991 年

《月落玉长河》 …………………………… 1993 年

《天网》 …………………………… 1994 年

《金秋桂花迟》 …………………………… 1995 年

《聊斋·席方平》 …………………………… 2000 年

作者曲波小传

　　曲波（1923—2002），山东省黄县（今龙口市风仪区枣林庄）人，1923 年出生于一个贫农家庭。父亲当过染匠，后失业归农。曲波只念过五年半私塾。13 岁失学在家务农和樵采，15 岁入八路军胶东公学（今鲁东大学）。他少年时代曾熟读了《说岳全传》、《水浒传》、《三国演义》等中国古典小说。

　　1938 年他参加了中国共产党领导的八路军。抗日战争时期，他在山东地区作战，曾任连、营指挥员。1945 年抗日战争胜利后，部队开赴东北作战。解放战争时期，担任过大队和团的指挥员。他曾率领一支英勇善战的小分队，深入东北牡丹江一带深山密林与敌人周旋，进行了艰难的剿匪战斗。在参加解放东北的战争中两次负重伤。1949 年到海军学校任领导工作。1950 年他转入工业建设战线，先后在工厂、设计院及工业管理部门担任领导工作。1955 年他开始从事业余文学创作。1957 年作家出版社、人民文学出版社出版了他的第一部长篇小说《林海雪原》。《林海雪原》先后被译成英文、俄文、日文、蒙古文、朝鲜文、越南文、挪威文、阿拉伯文等多种文字。小说曾先后改编成电影、电视剧、戏剧上映上演。电影《林海雪原》和根据小说改编的京剧《智取威虎山》在全国影响很大。他曾任中国作家协会常务理事。

　　1959 年至 1962 年他先后完成了《山呼海啸》和《桥隆

飙》两部长篇小说的初稿。他还创作了反映工业建设题材
的小说《热处理》《争吵》和散文《散观平武》等。

在林彪、"四人帮"横行的 10 年里，曲波遭到打击迫
害，身心受到摧残。在这种情况下，他仍坚持了文学创作
并写了 20 多万字的自传。1977 年重新出版了长篇小说《林
海雪原》。长篇小说反映抗日战争题材的《山呼海啸》于是
年由中国青年出版社初版。

摄影师钱江小传

钱江（1919－2005），电影摄影师，导演。浙江吴兴（今湖州）人。他是20世纪30年代电影女明星黎莉莉的兄弟、烈士钱壮飞的儿子。

1935年后，钱江进入上海新华艺术专科学校美术系学习。1938年后任中国电影制片厂录音员。1941年入延安鲁艺美术系学习。后在延安电影团洗印新闻片。1945年，他加入中国共产党。1946年后任香港大光明影业公司美工师、华凤摄影场摄影助理。

新中国成立后，钱江任东北电影制片厂、上海电影制片上厂摄影师。1954年赴苏联莫斯科电影制片厂实习，1956年回国，任北京电影制片厂摄影师、导演。钱江与朱今明、聂晶、高洪涛，曾被并称为北京电影制片厂摄影"四大师"。桑弧导演的我国第一部彩色故事片就是由他来掌镜，他在水华导演的《林家铺子》中使得镜头的运用蕴含一定的意味，深沉、细腻又不失感染力。

他还曾担任中央新闻电影纪录片厂厂长，中国文联第四届委员，中国影协第四届理事，第五、六届全国政协委员。他的代表作有影片《中华儿女》《白毛女》《祝福》《林家铺子》《海霞》等，导演了《报童》等影片，著有《故事片的摄影创作》等。2005年4月，钱江病逝。

钱江参与的电影

《孤岛天堂》 …………………………………… 1939 年

《中华女儿》 …………………………………… 1949 年

《白毛女》 ……………………………………… 1950 年

《祝福》 ………………………………………… 1956 年

《林家铺子》 …………………………………… 1959 年

《龙江颂》 ……………………………………… 1972 年

《海霞》 ………………………………………… 1975 年

《报童》 ………………………………………… 1979 年

主演童祥苓小传

童祥苓（1935—）京剧表演艺术家，工老生，江西南昌市人。

1935年，童祥苓生于天津。在他懂事时，大他13岁的四姐童芷苓早已是红透上海滩的头牌坤旦。为了培养这个童家最小的弟弟，姐姐不惜工本，为他广延名师。8岁学戏，先后向刘盛通、雷喜福、钱宝森等学艺，多演余（叔岩）派戏。后又拜马连良、周信芳为师，余、马、麒各派剧目均能演出。

十几岁时，童祥苓便与二哥寿苓、姐姐芷苓、葆苓一起，令童家班扬名梨园。新中国成立后不久，童芷苓率童家班一起进入上海京剧院。到童祥苓20岁出头时，他在圈

里已颇有名气，但真正让他声名远扬的，却是《智取威虎山》的主人公杨子荣。1964年，现代戏《智取威虎山》剧组到上海选演员，童祥苓经过考试和面试，最终被选中。凭借自己的天资、功底和勤奋，他出演的杨子荣得到了各方肯定。

1968年，因为要把《智取威虎山》拍成电影，杨子荣人选难以物色，童祥苓重新获得出演杨子荣的机会。在北京录电影的两年，童祥苓在剧团内被人误解和挨整的同时，还不能回家和亲人来往。受姐姐童芷苓问题的牵连，他已被定性为"敌我矛盾"。每日除了拍戏，还必须接受劳动改造。1970年，京剧《智取威虎山》终于被拍摄成电影。童祥苓也回到上海，不久即被"搁置"起来，直到1976年。

擅演剧目有《龙凤呈祥》《桑园会》《群英会》《失空斩》《定军山》《四郎探母》《战太平》《淮河营》《汉宫春秋》及现代京剧《智取威虎山》等。

主演齐淑芳小传

　　齐淑芳，我国著名京剧演员。曾是上海戏曲学院的高才生，并曾担任上海青年京剧团及上海京剧院的主要演员。

　　齐淑芳自幼受其嫂——中国著名京剧武旦张美娟的精心传授。1958 年，16 岁的齐淑芳为毛泽东演《三战张月娥》。1960 年齐淑芳在北京吉祥剧院演出引起轰动，此后在民族文化宫演，周恩来总理亲自观看。京剧大师梅兰芳更是上台紧握她的手，连声称赞："后起之秀！后起之秀！"

　　1963 年初，齐淑芳随上海京剧院、上海青年京剧团一起赴西欧演出，在巴黎大剧院首场演出，引起轰动，连站票都销售一空，当时他们演出的《火凤凰》《三战张月娥》《闹天宫》《盗仙草》《雁荡山》都是武戏，并加上《秋江》这一出文戏。所有节目均经过周恩来和邓小平审定，那次演出是中国京剧界首次赴欧演出，经法国、意大利、比利时、德国、瑞士、荷兰、卢森堡、前苏联等各国巡回演出，所到之处，无不欢声雷动，精彩无比的演出让观众看得赞叹不已。在慕尼黑演出时，三千多人的大剧场，座无虚席，齐淑芳十几次谢幕，赢得几十次掌声。

　　齐淑芳的代表作《火凤凰》是 20 世纪 60 年代以其嫂、中国第一代武旦张美娟为首创作出来的，到 70 年代新编《火凤凰》则根据齐淑芳个人的条件加以修改。该戏曾获首届华东戏剧艺术节首奖。1987 年，齐淑芳带该剧赴德国汉堡参加艺术节演出，未演已先轰动，开幕当天以开幕剧目上演，该剧以高难的踢枪、武打并增加了芭蕾的托举动作，在托举中踢枪，看得台下观众目瞪口呆，谢幕时全体起立鼓掌。

同年，她率团参加维也纳国际艺术节，主演《青石山》《白蛇传》《秋江》等戏获得成功，被评为"技压群雄的艺术家"。齐淑芳曾多次出访日本，日本报界称之为"日本人民最喜爱的京剧表演艺术家"。她参加波兰国际艺术节主演《铁扇公主》亦受到高度好评和欢迎。

齐淑芳的代表剧之一《全本杨排风》曾被搬上银幕在全国放映，深受好评。在现代京剧《智取威虎山》中她成功地扮演了"小常宝"更使她成了中国家喻户晓的人物。

主演孙正阳小传

孙正阳（1931—），京剧丑角演员，河北玉田人，原名孙小羊。

他早年受业于上海戏剧学校正字科，师从刘嵩樵、罗文奎、关鸿宾、梁连柱等，聪明善学、勤奋刻苦，在校内便初露头角。

毕业后，孙正阳多方求教，刻苦钻研，并开始搭班演出，积累了很多舞台经验，在表演上有了新的突破。1949年，他加入上海京剧院，与周信芳、李玉茹、童芷苓、汪正华、黄正勤等长期同台合作，技艺精进。

1955年孙正阳与李玉茹等人参加华沙青年联欢会，主演《秋江》《拾玉镯》等剧目。后多次出国演出。他不但善当绿叶，而且还独创了一些以丑角为主的剧目，如《海周过关》《蒋平捞印》等，在不断积累前辈丑角艺人的舞台经验的基础上，结合自己的特点，不断创新，为丰富丑角表演剧目做出了贡献。他除了在传统剧目上的造诣外，还不断参演现代戏的演出，在《智取威虎山》剧中成功地扮演了栾平这一角色，在《磐石湾》中扮演了08，给观众留下了深刻的印象。

孙正阳戏功扎实，文武兼备，嗓音脆亮、念白爽利，表演谐而不俗，在表演风格上又对南北流派艺术兼容并蓄，形成了具有个性的表演风格，清新洒脱。他戏路宽广，并善于刻划人物内心，所演的人物"丑而不丑"，诙谐雅致，

有"漂亮小丑"、"江南名丑"之誉。

孙正阳以《贞观盛事》中的长孙无忌一角获"上海宝钢高雅艺术演员奖"，第八届中国京剧艺术节"优秀表演奖"。

孙正阳常演剧目有《海周过关》《秋江》《挡马》《凤还巢》《柜中缘》《法门寺》《群英会》《十八扯》《刘姥姥与王熙凤》《十五贯》《小放牛》《拾玉镯》《铁弓缘》等。

电影背后的故事

1. 英雄杨子荣

杨子荣（1917－1947），原名杨宗贵，山东牟平人。1945年参加八路军，历任战士、班长、团侦察排长等职。参军只有一年多时间。从1946年2月进驻海林剿匪，他参加大小战斗上百次，每次都出色地完成了上级交给的任务，多次立功受奖，并被评为"侦察英雄"、"战斗模范"。1947年，一举将"座山雕"及其联络部长刘兆成、秘书官李义堂等25个土匪全部活捉，创造了深入匪巢以少胜多的战斗范例。在继续追剿丁焕章、郑三炮等匪首的战斗中英勇牺牲，时年仅30岁。

在杨子荣纪念馆里，英雄杨子荣是在1947年2月23日闹枝沟那场剿匪战斗中牺牲的，曲波恰恰参加了那场战斗，他率领的小股部队，作为先遣小分队的后续接应，最后清理了战场并将杨子荣的遗体在阳光村装棺后取道柴河运回了海林街里。然而在曲波的著作《林海雪原》一书中，曲波却没有写杨子荣牺牲。曲波说："在我的小说里我实在不忍心让这位智勇双全、顶天立地的英雄倒下，我要让广大读者永远感到杨子荣还在鲜活地战斗着！"

2. 影片诞生记

1958年，文化部召开全国现代戏座谈会，提出戏曲艺术要进行革新。上海京剧院一团的几位演员非常兴奋，他们在观看了北京人民艺术剧院此时正在上海公演的根据曲

波同志同名小说改编的话剧《林海雪原》后，自发地决定
将其中杨子荣打入"威虎山"的一段故事改编成京剧，并
改名为《智取威虎山》，于 1958 年 9 月 17 日在上海中国大
戏院正式公演。

1963 年 1 月中旬，江青到上海参加华东地区话剧观摩
演出，时任上海市委文教书记的张春桥特地把江青请到京
剧《智取威虎山》剧组进行现场"指导"。

这部戏由于有了江青的"指导"，顿时身价百倍。1964
年，在"全国京剧现代戏观摩演出大会"上，《智取威虎
山》由于艺术上还比较粗糙被安排在第三轮上演，但开幕
式后突然就被提到了首轮上演的剧目中，并在江青的亲自
"关怀"下，率先被搬上了银幕。

《智取威虎山》是上海的戏，按照逻辑应该交给上影厂
拍摄，但是这家电影厂的大部分老艺术家都是从 20 世纪 30
年代的上海影坛走过来的，知道江青底细的人太多，他们
早就被清出了厂，此时这家人才济济的老牌电影厂竟然陷
入了无人可用的境地。除了上影，当时国内实力雄厚的电
影厂还有长影、八一和北影。但是这些电影厂也有许多艺
术家被打入了"冷宫"。

1968 年初秋，全国第一家样板戏影片筹拍组——京剧
《智取威虎山》摄制组在北影成立。谢铁骊、钱江和李文化
（后被调走筹拍芭蕾舞剧《红色娘子军》）负责筹备工作。
1968 年 11 月，上海京剧团《智取威虎山》剧组来到北京
"报到"。

1969 年 5 月，摄制组终于完成了人员调配。当年夏天，
根据毛主席"五七"指示精神，北影厂除了摄制组的成员
之外，大部分职工都被派往北京郊区大兴县的五七干校，
厂里的喧嚣结束了，摄制组也终于能够安静下来分镜头，
进入实拍阶段。

　　尽管大家对成型的样板戏影片缺乏足够的想象，但拍摄的总原则是非常清晰的，那就是整个拍摄过程要自始至终贯彻"三突出"原则：在所有人物中突出正面人物，在正面人物中突出英雄人物，在英雄人物中突出主要英雄人物。江青为此还专门到摄制组宣布，要用最好的色彩、角度和光线来塑造英雄人物。只要有利于突出主要英雄人物，什么都可以改。不仅要"还原舞台"，更要"高于舞台"。

　　1970年夏天，拍摄历时两年之久的第一部样板戏影片终于完成了。这部影片拍摄积累的各种经验，成为后来者的示范。

　　1970年10月1日，样板戏影片《智取威虎山》在全国公映，它所带来的轰动效果是主创人员意想不到的。

　　3. 童祥苓的鼻子"很受伤"

　　话说《智取威虎山》拍电影时，童祥苓已是快四十岁的中年人了，他不但在舞台上要把武生功夫表演得到位，而且扮相上也不能含糊。江青对英雄人物的要求是"站着威武高大，唱起来雄壮有力"，所以杨子荣的形象江青是百般挑剔：化妆浅了说是白面书生，深了又说像"土匪"。

　　通过对童祥苓脸部造型的深入研究，江青发现他的鼻尖有点长，便要导演谢铁骊给他"整个形"，于是谢铁骊决定用硬皮胶布把他的鼻头吊起来。这样一来，杨子荣的模样虽俊俏了许多，但童祥苓却遭罪不少：因演戏吊得时间太长，血液循环不畅，鼻头发肿，拍戏时还要不时散开胶布以保持血液通畅。更要命的是胶布勒头带太紧，笑时脸部肌肉太绷，表情受到影响，笑起来跟哭似的。江青见此状况，只好取消她的吊鼻计划。她害怕弄得不好，影响到上呼吸道和声音效果。